大元帥の溺愛宮廷菓子
～恋の策略《レシピ》は蜜の中に～

Yuu Sakuradate
桜舘ゆう

Honey Novel

Illustration

芦原モカ

CONTENTS

プロローグ

プラチナブロンドの艶《つや》やかな巻き髪を結いあげ、菫色《すみれいろ》のドレスを着たひとりの少女が『エルミーヌ・ラザルス』と名が刻まれた墓に花を手向《たむ》けていた。

彼女はほぼ毎日のように、エルミーヌの墓を訪れている。

(……お母様……ごめんなさい)

今年十八歳になったその少女——ヴィオレット・ラザルスは、幼少時にエルミーヌが流行《はやり》病《やまい》で亡くなっているため、母親であるエルミーヌの顔は知らなかった。〝顔を知らなかった〟どころか彼女はエルミーヌが母親であるということすら、知らされていなかったのだ。

第三階級で巨額の財産を保持する上級ブルジョワの、リュシアン・ラザルスの娘だとずっと思っていたが、リュシアン夫婦の実子ではなく、養女だと知らされたのはつい最近のこと——。

遡《さかのぼ》ること今から二年前、アルモニーの町では〝あやしげな薬〟が大流行し、淫蕩《いんとう》に耽《ふけ》る者が急増してしまった。

港がある町であったため、諸外国からの輸入品と共に、そういったものも紛れ込んできてしまい、お金に不自由をしていない層に薬が蔓延《まんえん》したのだ。

すっかり乱れきったアルモニーの町は無法地帯と化してしまい、ヴィオレットの身を案じたリュシアンは、彼女をアンブルシエール王国の北にある尼僧院《にそういん》に預けることにした。

尼僧院で二年ほど過ごし、アルモニーの町の治安がよくなったため彼女がリュシアン夫婦のもとに帰ってきたその夜に、ヴィオレットの生い立ちについてリュシアンから聞かされることとなった。

ヴィオレットの本当の母親であるエルミーヌは、未婚でヴィオレットを産み、そのことがきっかけでラザルス家の当主であったエルミーヌの父親の怒りを買って、赤子のヴィオレットごと屋敷から出ることになってしまった。

未婚で子供を産んだことでも怒りを買っていたのに、その子供の父親が誰なのかを言わなかったため、家から追い出される羽目になってしまったのだという。

なぜ、そうなってまでも、エルミーヌが口を割らなかったのかはヴィオレットにはわからなかったが、父親には言わなかった〝相手〟を兄であるリュシアンには話していた。

だが、リュシアンはヴィオレットの父親のことを、彼女に話すべきかどうか考えあぐねているようで、本当の父親のことは、来るべき時が来たら話をする。ということで終わってしまった。

（……いずれにしても、お母様がお辛《つら》い思いをしたのは、確かなのだから）

ラザルス家は第三階級で貴族ではないものの、巨額の財産を持つ上級ブルジョワだったため、ヴィオレットは貴族並みの教育を受け、学校にも行き、貴族の令嬢に混ざってマナーも学んだ。

もともと美しい少女だったヴィオレットは、尼僧院から戻ってきて、いっそう美しく聖女のような清らかさを兼ね備えたことでアルモニーの町で評判になり、戻ってきた途端に交際の申し込みや結婚の申し込みが殺到していたが、どんな相手であっても、リュシアンは首を縦には振らなかった。

ヴィオレット自身も、尼僧院で禁欲的な生活を送っていたので、色恋沙汰《ざた》にはまるで興味がなく、そして自分の生い立ちを考えれば、男性というものに対して距離をおきたくなってしまうのも無理のないことだった。

（私を産まなければ、お母様は苦労されずに済んだのに……ごめんなさい……）

再び、ヴィオレットは母の墓前で謝罪をし、ドレスのポケットに忍ばせてあった銀製の小物入れを取り出す。

花の彫刻がされている蓋《ふた》をそっと開けると、中にはクリスタルのシンプルな紫の指輪が入っていた。『本当の母親のことを話す時がやってきたら、ヴィオレットに渡して欲しい』と死ぬ間際にリュシアンが預かったその指輪は、エルミーヌの宝物だったらしい。

エルミーヌがラザルスの屋敷から持ち出したクリスタルの指輪。そうは価値があるとも思えない指輪にどんな思い出があったのか、リュシアンも聞けずじまいだったそうだ。

一部が欠けてしまっているため、指輪としてはもう使えなかったが、お守りだと思ってエルミーヌの代わりに大事に持っていて欲しい――そんな、リュシアンの言葉が脳裏によみがえった。

たったひとつだけの母の形見。

大富豪の娘として何不自由なく育ってきた母エルミーヌが、持ち出すことを許されたのがクリスタルの指輪だけだったという事実に、ヴィオレットは自分が生まれてしまったことへの罪悪感を覚えずにはいられない。

「お嬢様、風が少々冷たくなってきましたので、そろそろお戻りになられませんか？」

傍《そば》に控えていた侍女のリトスが声をかけてくる。

春になったとはいえ、日が暮れればまだ寒い。

「そうね、屋敷に戻りましょう」

菫色のドレスの裾《すそ》を翻しエルミーヌの墓に背を向けたタイミングで、リトスがヴィオレットに近づき、そっと耳打ちをした。

「教会のほうに、ラファエル様がいらっしゃるようですよ」

「……まぁ、そうなの？」

アンブルシエール王国のジャヌカン公爵領を治める二十二歳の青年、それがラファエル・モンクティエだ。

艶やかな黒髪と魅惑的な紫色の瞳《ひとみ》を持つ青年は、その姿を一目見ただけでも心が奪われてしまいそうになるほどの美貌《びぼう》の持ち主でもあった。

モンクティエ家は王族と血縁関係にはないものの、その昔、近隣諸国との戦争において大きな功績を残したことで数々の領地を与えられるまでになった一族である。

宮廷内ではローニヨン家とモンクティエ家が、勢力争いをしているとか、していないとか――。

いずれにしても、第三階級の平民であるヴィオレットにはあまり関係のない噂話《うわさばなし》なのだが。

「教会に寄っていかれますよね？」

好奇心旺盛《おうせい》そうに茶色の瞳を輝かせながら、リトスが聞いてくる。

「……そのつもり、だったけど……やめておくわ」

ヴィオレットは母の墓を訪れるときは、必ずマドレーヌやパイなどたくさんのお菓子を作ってきて、教会に寄付をしていた。

砂糖は高価なものではあるが、ラザルス家は砂糖やカカオの輸入に関《かか》わりがあるため、ヴィオレットにとってのお菓子作りは生活の一部だった。また、その腕前も尼僧院でさまざまなレシピを教えてもらえ、知っていたことで、皆から絶讃《ぜっさん》された。

貴族であれば宮廷菓子職人の地位につけたのに、と言われるほどだったが、ヴィオレットは地位や名誉などどうでもよかった。

「公爵様がいらしているならお邪魔になってしまうわ、だから……お菓子はあなたがこっそりとシスターに渡してきてもらえるかしら」

「そうですか？　わかりました。せっかくラファエル様がいらしているのに勿体《もったい》ないです」

馬車に置いてあったお菓子をリトスが運ぶ様子を見つめつつ、ヴィオレットは小さく息を吐いた。

（……ラファエル様……）

ラファエルはあれほど自分が距離をおきたいと思った〝男性〟であるというのに、ヴィオレットの閉じていた心は彼の美貌によってあっけなく開かれてしまった。

ラファエルを相手に淡い感情の芽生えを感じたとき、ヴィオレットは改めて自分の出自について考えさせられたのだ。もしかしたら母も、身分違いの恋をしたのではないかと。だから結婚しないまま、自分を産むことになってしまったのではないか――と。

父は母を愛していたのだろうか……。母は父に抱かれて、幸せだったのだろうか……。

母の墓前でそんなことを考えながらも、ヴィオレットはエルミーヌが大好きだったという菫の花と同じ色の瞳を持つラファエルのことを、またもや考えてしまっている。

彼との出会いは、ヴィオレットが初めてアルモニーの教会を訪れたときだった。

彼がアルモニーの町に視察に来た帰り、この教会に立ち寄ったことで、ヴィオレットはラファエルを目にすることになった。

なんて美しい人なのだろう。一目見た感想が、それだった。

尼僧院でも、マナーを学ぶためにたくさんの貴族の令嬢がいて、花のように美しい娘もたくさんいたが、彼は男性でありながら、どんな令嬢よりも美しく、清廉さを兼ね備えているような感じがした。

艶やかで神秘的な黒髪、紫色の瞳、整った鼻梁《びりょう》。美しい形の唇――。

彼の姿を見かけるだけでも、心が甘く震えた。

公爵位を持つラファエルに、話しかけることもできないまま月日が経《た》ち、交流もないというのにいつしか彼を想《おも》う日々になってしまっていた。

(私は……美しい？　彼の瞳に映るに値する？)

母親譲りだといわれるプラチナブロンドとアイスブルーの瞳。真珠のような白い肌。薔薇《ばら》のような赤い唇。どれを取っても多くの人から美しいと賞賛されるものではあったが、だからといってラファエルが同じ感想を持つとはいえない。

鏡を見ては溜息《ためいき》をつき、溜息をついては鏡を見る――そんなふうに繰り返し自分の姿を見ても、ラファエルがどう思うかなんてわかりようがなかったが、そうしてしまう日々も悪くはなかった。

けれども。果たして自分は〝恋〟をすることが許されるのだろうか。

「お嬢様、お待たせしました。シスターにお菓子をお渡ししたら、大変喜んでいらっしゃいましたわ」

馬車の外で風に当たりながら待っていたヴィオレットのもとへ、リトスが駆け寄ってきた。

「ありがとう、リトス」

「お嬢様の作られたお菓子は子供たちにも評判がいいみたいです。あ、そうだ。シスターが気になるお話をなさっていましたよ」

ヴィオレットと共に馬車に乗り込みながら、リトスが言う。

「なあに？」

「国王陛下の具合があまりよろしくないようです」

「……そうなの？」

アンブルシエール王国のヴァレリアン国王は皇太子時代より、あまり身体《からだ》が丈夫ではなかったため、強壮剤の砂糖を多く摂取できるよう【宮廷菓子部門】が設立された。

だが、多くの砂糖菓子を摂取してはいるものの、御年三十四になった今日でも、寝たきりの生活のほうが多いと噂されていた。

「はい、シスターが朝のお祈りの時間が長くなったとおっしゃってました。それから、陛下は近々退位されて、新しい国王が誕生するとか――」

「……そう」

ヴァレリアン国王は身体こそ丈夫ではないが、穏やかな人柄と外交手腕が優れているおかげか国内外の情勢は落ち着いている。その国王が突然崩御となれば動揺が広がるのは免れない。だから、国王が存命のうちに新しい国王を誕生させておこうという話なのだろう。

「でも……王子も王女もいらっしゃらないのに？」

王族は総じて短命で、ヴァレリアン国王といとこ関係にあったアナイス王妃も一昨年《おととし》亡くなっていて、ふたりの間に生まれた王女も幼くして亡くなっている。いったい誰が後を継ぐのだろうか？

「怖い国王じゃないといいですね」

リトスの言葉に対して、ヴィオレットは同意するように頷《うなず》くしかなかった。


馬車がリュシアンの屋敷に近づくにつれ、いつもと違う雰囲気をヴィオレットは感じていた。

藍色《あいいろ》の軍服に身を包み、馬に乗った兵士が大勢いる。

「……何か、あったんでしょうか？」

普段は暢気《のんき》なリトスも、物々しい様子に声が小さくなっていた。

「そうね……お義父《とう》様やお義母《かあ》様が心配だわ……」

馬車がゆっくりと屋敷の門をくぐると、アンブルシエール王国の紋章が入った馬車が停《と》まっているのがヴィオレットの目に入る。

一抹の不安を覚えながら馬車を降りると、出迎えてくれたのは養父母ではなく、見知らぬハニーブロンドの青年だった。

背が高い男性は、ヴィオレットの傍まで歩み寄ってきてお辞儀をする。

「お帰りなさいませ、ヴィオレット様。そろそろ教会までお迎えに参ろうかと考えていたところでしたよ」

「……あ、の」

「失礼しました。私はレイナルド・ローニヨン。ティボーデ伯とでもレイナルドとでもお好きなようにお呼びください」

ローニヨン家といえば、モンクティエ家と宮廷内で勢力争いをしている一族ではなかっただろうか？　そんなことが脳裏をちらつくが、その彼がなぜ自分を出迎えるのかヴィオレットにはわからなかった。

「伯爵様が……私にいったいどんなご用があるのですか」

彼女の質問に対して、レイナルドは銀灰色の瞳を細めた。

「申し遅れましたが、本日より、宮廷内でのヴィオレット様の世話役を務めさせていただくことになりました。よろしくお願いいたします」

「……宮廷内での世話役って？　何をおっしゃっているのか、わかりかねます。私は、平民で――」

「いいえ、ヴィオレット様はアンブルシエール王国の王女であらせられます」

「え？」

何を、言っているのだろう？　言葉が出なくなっているヴィオレットの目の前までレイナルドは歩み寄ってきて、微笑《ほほえ》んだ。

「ヴァレリアン国王のご息女であるヴィオレット様が、こうも麗しくお育ちになっていると知ったら、陛下もさぞやご安心なされることでしょう」

「私が……国王陛下の……？　そんな、まさか」

にわかには信じがたい言葉の羅列にヴィオレットが視線を泳がすと、リュシアンの姿が目に留まった。

「……お義父様」

「ヴィオレット。ティボーデ伯のおっしゃるとおりだ」

思いがけず自分の出自を聞かされる羽目になり、ヴィオレットは驚きのあまりなんの感想も胸に抱けずにいた。

自分がアンブルシエール王国の王女である——という以前に、母の相手がヴァレリアン国王だった……？　だから相手の名前も言えなかったのか？

（お母様……）

俯《うつむ》いてしまったヴィオレットを見て、レイナルドは微笑む。

「驚いてしまうお気持ちはわかります。今まで何も聞かされていなかったのだと、リュシアン様から伺っています。ヴィオレット様のお気持ちを尊重するのであれば、時間をかけてエテルネル宮殿に来ていただくのがよいとは思うのですが——」

時間がないような物言いを彼がしたので、ヴィオレットはついさきほどリトスから聞いた話を思い出す。

「……国王陛下のご容態が、あまりよろしくないという噂は聞いております」

「はい、そのとおりです。ですから、陛下はご存命のうちに、ヴィオレット様に王位を継承することをお望みなのです」

今度はいろんな感情が胸の中を渦巻いていた。

今日まで父だと名乗りをあげることなく放置しておいて、今更何を——という気持ちと、父が生きているのなら会いたいと思う複雑な気持ち。

「……いずれにせよ、ずっと陛下が隠されてきたヴィオレット様の存在が宮廷内で明らかになってしまった今、このまま……というわけにはいきません」

隠してきたのは、ヴァレリアン国王にとって都合の悪い存在だったからだろう。だったら、そっとしておいてくれればよかったのに、ともヴィオレットは思ってしまった。

「ティボーデ伯、お時間をいただけないでしょうか。ヴィオレットに何も話してこなかった私にも、責任はあります」

リュシアンの言葉に対して、レイナルドは小さく頷いた。

「あまりたくさんの時間は無理ですが……お任せしましょう。明日の朝、再び迎えに来ます。屋敷の警護はさせますのでご安心を」

「かしこまりました」

レイナルドは視線をリュシアンからヴィオレットに移してから、恭《うやうや》しく一礼をした。

「それではヴィオレット様、また明日、お迎えに参ります」

ヴィオレットはどう答えていいのかわからずに、ただ黙ってレイナルドを見送ることしかできなかった。

「……さぁ、ヴィオレット。中に入りなさい」

「……はい」

リュシアンはヴィオレットに屋敷に入るよう促してから、不安そうに成り行きを見守っていたリトスと共に屋敷の中に入っていった。

ふたりがダイニングルームに辿《たど》り着くと、義母のサラがヴィオレットのために温かいココアを入れてくれた。

生クリームがたっぷりと入った甘いココアからは、ふわりとシナモンの香りがしてくる。ヴィオレットが好きなのを知っているから、彼女はいつだってヴィオレットのためにこのココアを入れてくれた。

（……私が王位を継承する？）

その事実はまったく実感のわかないものであったが、なんにせよ、もうこの家にはいられないのだと考えると哀《かな》しくなった。

「秘密にしていたことは、申し訳なかったと思っている。私も……どうしておくのがいいのか、判断できていなかった」

リュシアンの言葉を聞いたヴィオレットは、静かに首を左右に振った。

「お義父様は、悪くありません」

「エルミーヌが生きていれば、父親のことは一生話さずにいただろう」

「……それは……陛下がお母様を愛していらっしゃらなかったから……ですか」

平民であっても、愛人がいるご時世だ。

エルミーヌはヴァレリアン国王の数いる愛人の中のひとりだったのではないかと、ヴィオレットは思った。なおかつ、ラザルス家は裕福であっても貴族ではなかったから、愛人の数にも入らなかった……だから、エルミーヌもリュシアンも固く口を閉ざしていたのではないかと思ってしまう。

「いいや、そうではない。陛下はエルミーヌを愛していたし、エルミーヌも陛下を愛していた……はずだ」

リュシアンはぽつぽつと彼らのことを話し始める。

ヴァレリアン国王がまだ皇太子だったとき、お菓子の種類が豊富な、ここアルモニーの町に、静養名目で数週間滞在していたことがあった。ヴァレリアンが十六歳、エルミーヌが十八歳のころの話だ。

当時から身体の弱かったヴァレリアンだったが、そのときはまだ宮廷菓子部門が設立されておらず、強壮剤としても価値がある砂糖を上手に使ったお菓子を求めてアルモニーを訪れたのだ。

何が縁でヴァレリアンとエルミーヌが恋仲になったのかは、当人でなければわからない話だったが、ヴァレリアンのほうが彼女に対しての思い入れが深かった。

「エルミーヌに爵位を与え結婚、という話もなかったわけではないが、エルミーヌがそれを拒否したそうだ」

「どうしてですか？」

「すでにアナイス王妃との結婚が決まっていたからだ」

とはいえ、恋愛感情があっての結婚ではなく、アナイスがヴァレリアンのいとこであり血筋のうえで相応《ふさわ》しいというだけの話だった。

「……それでも、エルミーヌはアナイス王妃との結婚を破談にさせてまで、自分との結婚を望めなかった。子供ができたことも、おまえが生まれたことも、その一切を陛下に知らせなかったのは、アナイス王妃に配慮してのことで、エルミーヌは一生黙っているつもりだった」

「そうであるのなら、なぜ、こういった事態になってしまっているのですか？」

ヴィオレットの疑問に対して、リュシアンは小さく溜息をついた。

「エルミーヌが亡くなったとき、陛下がお忍びでアルモニーにいらした。そこでまだ幼いおまえを見つけてしまわれたのだ……私たちは、陛下を相手に嘘《うそ》はつけなかった。すまない、ヴィオレット」

「……いいえ、お義父様」

「……陛下は、すぐにでもおまえを連れていくとおっしゃったが、その当時、アナイス王妃がご懐妊中だったこともあって、それは叶《かな》わなかった。もとよりエルミーヌとのことは秘められた話であり、アナイス王妃との間に子が生まれてしまえば、到底、おまえをエテルネル宮殿に呼び寄せるわけにはいかない……そうこうしているうちに月日が経ってしまった」

サラがたくさんの手紙が載せられた銀色のトレーを、ヴィオレットの前に置いた。

「……この手紙は、なんですか？」

「陛下からの手紙だ。すべておまえのことを気にされている内容のものだ」

「陛下が……私を……」

「読んでみなさい」

「……はい」

リュシアンに促されて手紙を読んだ。

これは、最近のものなのだろうか？　エルミーヌに似て美しく成長したヴィオレットの姿を一目でもいいから見てみたいものだ——と書かれている。けれども、そのあとには『それも叶わぬことだろう』と締めくくられている。

何通か目を通してみたが、どれもヴィオレットを心配するような内容ばかりだった。

「……ヴィオレットが陛下の子である事実は、陛下が存命の間は隠しておけるだろう。けれど、亡くなってしまえばそうもいかない。王位継承権があるおまえの存在を、利用しようとする者が必ず出てくるだろう……そのことを案じて、陛下は迷った末にご自身が生きている間におまえに王位を譲るご決断をされた」

「……そうですか……私を、案じて」

変えようのない事実を前にして、ヴィオレットの心が揺らいでいた。

まったく実感のわかない王位継承の話と、アンブルシエール王国の国王が父親だったという話――。

これからどうなってしまうのか、不安で堪《たま》らなかった。

(……でも、お母様は本当に陛下を愛していらしたの?)

ドレスのポケットに入っている小物入れ。あの欠けたクリスタルの指輪を後生大事にしていて、娘のヴィオレットに託すほどの物であるなら、もしかしたらその指輪の送り主はヴィオレットの本当の父なのではないのか? とは考えていた。

愛《いと》しい人から贈られた物、というふうに考えるのは簡単だった。けれども、その相手がこの国の王であるとすれば、あのようなシンプルすぎるクリスタルの指輪を贈ったりするだろうか?

否、しないだろう。

第三階級の上級ブルジョワの娘だって、自分の家の裕福さを誇示するために、宝石をふんだんに使った指輪を嵌《は》めている事実を考えれば、ヴィオレットの心が哀しみに満ちてくる。母は国王陛下ではない、別の誰かを愛していたのだ――自分の誕生はそもそも、母に望まれていなかった。それなのに、母に苦労をさせて――。彼女の死因が流行病だとはいえ、心労が重なったことも要因のひとつではないかと思えてしまう。

(駄目、哀しんではいけない。哀しみは心を凍らせて、何もできなくさせてしまうわ)

「旦那《だんな》様、お話し中、失礼します」

執事のベルナールが話しかけてくるのに対して、リュシアンは溜息をついた。

「今は大事な話をしている」

「はい、存じておりますが、ジャヌカン公がいらしておいでです」

「……そうか……〝その話〟もこれからするつもりだったのだが、お待たせするわけにはいかないな」

リュシアンの視線がヴィオレットに移る。

「ヴィオレット、おまえも来なさい」

「あ……はい」

ヴィオレットがドレスの裾を摘《つま》んで椅子《いす》から立ち上がると、リュシアンはそっと告げてきた。

「ジャヌカン公――ラファエル・モンクティエ様はおまえの結婚相手となる方だ」

「え？　わ、私が……ラファエル様と結婚？」

次々と明らかになってくる事実に、ヴィオレットは眩暈《めまい》がした。

相手がラファエルだと言われても、嬉《うれ》しいと感じるよりも戸惑いのほうが大きい。

「……陛下がお選びになったお相手だ。ヴィオレットにとって最良だと……思いたいものだ」

心の整理がつかないまま応接間に辿り着き、ヴィオレットはラファエルと対面することになった。

濃紺の絹タフタに豪奢《ごうしゃ》な刺繍《ししゅう》がなされているアビを、なんなく着こなしているラファエルがそこにいる。

彼が佇《たたず》んでいるだけでも、この部屋の空気が違うようにヴィオレットには感じられた。

「ジャヌカン公、わざわざお出《い》でになるとは、今夜はどういったご用件で……」

リュシアンの言葉を聞いたラファエルは意味ありげに微笑む。

「私の妻となる方に、お逢《あ》いするのに何か理由が必要だろうか？」

「い、いいえ」

妻――という響きにヴィオレットの胸が痛んだ。

こちらは彼を知っているが、彼は平民の自分を知らないだろう。見ず知らずの女性といきなり結婚をさせられるラファエルの心中はどんなものなのだろうか。

想像してみると、益々《ますます》胸が痛んだ。なぜ、陛下は次々と物事を勝手に決めてしまわれるのだろう。

ラファエルは自分と結婚するなんて、嫌に決まっている。

公爵位を持つ彼に相応しい令嬢はたくさんいるはずなのに。

「そちらが忙しいというのは承知の上で来ている。数分でかまわない、ヴィオレットとふたりきりで話がしたい」

ラファエルに名前を呼ばれて、ヴィオレットの小さな肩がびくりと跳ねる。

こちらの意思がどうであれ、公爵位を持つ彼に意見のしようがなく、リュシアンは退室せざるを得なかった。

ほんの一瞬、静まり返る室内。ヴィオレットは顔をあげることもできずに、ただ俯いたままでいるしかなかった。

「……想像していた以上に美しい人で、私の心は歓喜しているよ。ヴィオレット」

「……あなたにも、美しいと言っていただけることは、大変光栄に思います」

鏡を見て自分に語りかけた日々を思い出しながら彼女が告げると、ラファエルは皮肉げに笑みを浮かべた。

「ふぅん、私以外にも、君を美しいと言う男がいるってことか」

「え？　あ、の」

ふいに距離が近くなり、ヴィオレットはラファエルに囁《ささや》かれる。

「だが、今日から君は私のものだ」

彼の声が甘く耳をくすぐってくる。

何がなんだかわからぬままに、いろんなことが一気に動き始めて、ヴィオレットは混乱するばかりだった。

「逃げるなよ。君は私の大事なカードなのだからね」

「私が、カード？」

「最初に言っておくが、私は野心の塊のような人間だ。上り詰めることができるなら手段は選ばない」

それは結婚も手段のうちのひとつだと言いたいのだろうか？

女王となるヴィオレットと結婚すれば、彼の一族から玉座に即《つ》く人間が生まれることになる。

「あ、あなたは、それでいいんですか？」

彼が国王になるわけではないのに。

ヴィオレットの心を見透かしたような笑みを、ラファエルは浮かべた。

「君を手中に収めれば、すべてを手に入れたも同然だ。陛下の大事なご息女なのだからね」

「……だから、私と結婚してもいいと思われるのですか」

「ああ、そうだ」

こうもはっきり言われると、淡い恋心を抱いているヴィオレットの心中は複雑だった。

彼がどういった人物なのか知らなかったから余計に、淡々と語るラファエルが〝本当はどう思っているのか、その表情からは読み取れなかった。

「私の、王女という地位があなたには必要なのですね」

「アンブルシエール王国の王位継承権第一位という君の地位は、何にも代えがたいものだね」

「……そうですか」

「それは君とは切り離せないものだろう？」

彼の言葉に心が反応して思わず見上げてしまうと、ラファエルは微笑んだ。

「――私は一族の繁栄のため、地位も名誉も手に入れたい。だから、何があろうが君を傍に置き続けるし、守り続けもする」

「守る？」

彼の宣言は、かなりひどいもののように思えたが、並々ならぬ野心があるからこそ、宿命の王冠を持つヴィオレットを守ると言うのだろう。

「……目的がはっきりなさっているので、そのお言葉には、とても信憑性《しんぴょうせい》があるように感じられます」

「……そうかな。でも、今の君の言葉で、血は争えないものだと思った」

「どういう意味ですか？」

「陛下も似たようなことを言われたからね」

紫の瞳の麗しい青年は、愛おしげにヴィオレットを見つめた。

思わず胸がときめくが、その視線が自分自身に向けられているものではないとわかってしまう。ヴィオレットが持つ宿命の王冠を彼は愛おしげに見ているだけだ。

（でも……確かに、そうだわ）

望む、望まないにかかわらず、持って生まれた絆《きずな》や宿命を、ヴィオレットから切り離すことはできないのだ。切り離せない部分を彼が必要としているのなら、自分はずっとラファエルに必要とされ続ける。そんなふうにヴィオレットは思った。

（少し、哀しいけれど）

小さく溜息をついてしまったヴィオレットに対して、ラファエルは告げる。

「先にひとつだけ、君に言っておきたいことがある」

それまで淡々と語っていた彼が、改まった様子で言ってくるものだから、ヴィオレットは思わず身がまえてしまう。

「……なんでしょうか……」

「君はさきほど、王女という地位が必要なのか？　と私に聞いたね？」

「はい……それに対してあなたも同意されたと思いますが」

「同意はしていない。私に必要なのは〝王位継承権第一位〟の王女だ」

「どういう意味でしょうか？」

「ヴァレリアン国王陛下には、妹がいらっしゃる。御年《おんとし》二十歳のベアトリス王女がね」

「……王女？」

王女がいるなら、ベアトリス王女に後を継がせればいいだけの話なのではないのか？　とヴィオレットは思ってしまう。

後を継ぐ者がいないから、平民として育った自分を担ぎあげようとしているのではなかったのか。

「ベアトリス王女は、ご結婚されているのですか？」

「いいや。結婚相手は選定中だ」

「だ、だったら、私が王位を継承する必要はないですよね？　ベアトリス王女がまだこの国にいらっしゃるのなら、王族として育った王女のほうが、その地位に相応しい。あなただってそうお思いなのでしょう」

「……君が王位継承権第一位である以上、ベアトリス王女のほうが相応しいだとかいう議論はするに値しない」

「……私は、納得できません」

「だが、陛下がお決めになったことだ」

「嫌です！　王位を継承するなんてできません」

ヴィオレットが叫ぶように告げると、ラファエルは大仰に息を吐いた。

「王位継承権の放棄には、条件がある。ただ〝嫌だ〟というだけでは放棄できない」

「放棄の条件をご存じなら教えてください。揃《そろ》えてみせます」

彼女のきっぱりとした物言いに、ラファエルは紫の目を丸くさせた。

「君は、そんなにも女王になるのが嫌なのか？　信じがたいことだ」

ヴィオレットは真《ま》っ直《す》ぐにラファエルを見つめながら告げる。

「……二年ほど前にアルモニーの町で、おかしな薬物が大流行したのはご存じですか」

「もちろんだ。無法地帯と化したこの町を制圧するために、軍を配置したのは私だからな」

「そのとき、私は危険だからとお義父様の命令で、ここから遠く離れた場所にある尼僧院にいました。尼僧院での暮らしの中で、早くアルモニーの町に帰りたいとは思いましたが、どうすればアルモニーが平穏に暮らせる町になるだろうか、とは考えたことはありませんでした。ひとつの町のことですら考えられない人間が、アンブルシエール王国を統治できるとお思いですか？　国民が望むのは、国を平和に導いてくれる王です。私にはその資質がありません」

「……君には、女王の冠を被《かぶ》るための、聖なる資質はあると思えるが？」

「……私には、無理です。あなたからも、陛下にお願いしてください……継承権の順位よりも、もっともっと大切なものがあります」

「資質なら、君のほうがあると私は思う」

「嫌です」

ヴィオレットはとうとう彼に背を向けた。

ドレスのポケットの辺りに手をおいて、涙を堪《こら》える。

もうたくさんだ。自分のために誰かが不幸になるのには耐えられない。ラファエルとの結婚もそうだったが、ベアトリス王女がいるのに平民の自分が女王になって、この国の民が不幸になるかもしれないと考えてしまえば、国王陛下の命令とはいえ、承諾できる話ではなかった。

――と、そのとき、突然、ポケットを押さえていた手をラファエルに摑《つか》まれる。

「きゃっ」

「ポケットの中にナイフを隠しているんだろうが、君を死なせるわけにはいかない」

「な、何をおっしゃるんですか、ナイフなど隠しておりません、ポケットにお守りを入れているだけです」

「……本当か？」

「死んでしまえば、無理をしてまで私を産んでくれた母に申し訳ない……です。疑われることは何もないので、確かめてくださっても結構です」

「では、あらためさせてもらうよ？　失礼」

そう言ってラファエルは、ヴィオレットのスカート部にあるポケットに手を入れて、例の小物入れを取り出した。

「これが、君を守るもの……か？」

「そうです」

「そうか。疑ってすまなかったな」

彼女の手に、銀製の小物入れが戻ってくる。

「……いいえ、でも……お話をさせていただきましたが、私はあなたにとって有益なカードにはなれません」

「そんなことはない」

「さきほどのお話、聞かせてください。王位継承権の放棄には、どうすればいいのかを」

「言いたくないね」

今度はラファエルがきっぱりと言い切った。

方法があると言っておきながら、教えてくれないのは狡《ずる》くて、卑怯《ひきょう》だとヴィオレットは思ってしまう。

「狡いです……」

「それほどまでに聞きたいのであれば、〝ヴィオレット王女〟として命令すればいい。私は野心に満ちた男だが、王族への忠誠心は誰よりもあるつもりでいる。君が王女として問うのであれば、答えるしかない」

忠誠心と聞けばまた心が揺らぐ。だからこそ、ラファエルは自分との結婚を嫌だとは言わないのだろう。国王陛下の命令だから——。

「では、聞きます。王位継承権の放棄の方法を、教えてください」

「その聞き方では答えられない。自分がヴィオレット王女だと宣言してから聞きなさい」

「……ヴィオレット……王女として、あなたに問います。王位継承権の放棄の方法を教えてください」

「かしこまりました、ヴィオレット王女。答えは貴賤《きせん》結婚だ、君が平民と結婚すれば王位継承権は剝奪《はくだつ》される」

「平民って……私だって平民なのに」

「王女だと、自分で宣言したのに何を言う」

「それは、あなたがそう言わないと答えてくれないとおっしゃるから」

「自分の発言には今後責任がつきまとうことを忘れるな。君は自分で王女だと認めたのだから覆せない」

「……あなたって、本当に狡いんですね」

「そんなことはない。本当の話をしているだけだ」

「他にはないのですか？　結婚以外で」

「ない」

彼の素っ気ない返事に、ヴィオレットは溜息を漏らした。

「……王女の命令なら、なんでも応じてくれるの？」

　彼女の質問に対して、ラファエルは少しだけ考えるような表情を見せたがすぐに返事をする。

「〝ヴィオレット王女〟の命令なら」

「また、そういうふうにおっしゃるの？　もう宣言させたのに」

「……いや、君がただ〝王女〟とだけしか言わなかったから、そう言ったまでだ」

「そう……じゃあ、あなたとの結婚をやめにして欲しいの」

　想っている相手に想われぬまま結婚するのは嫌だった。ラファエルにはやはり、相応しい相手と結婚して欲しい。

「その命令は無理だ。そもそもが国王陛下の命令だからな」

「……陛下の命令のほうが、大事ってことですね」

「それに、君は私のものだと言っている。ずっと守るとも言った。何が不服だ」

不服はない。ただ愛されないのがわかりきっているだけに、寂しくて、哀しいだけ。

そして、もしかしたら、自分の母が権力をかさに無理強いをされたのでは？　と疑ってしまっているから、母と同じ痛みを彼に与えたくないだけだ。

　リュシアン宛《あて》の手紙を読めば、ヴァレリアンはエルミーヌを好きだったかもしれないが、エルミーヌが彼を好きだったという証拠はどこにもない。

「……嘘偽りのない答えが欲しいのですが」

「ああ、なんだろう?」

「あなたに、好きな人はいないのですか?」

「――いない。誰かに対して、そういった感情を抱いたことは一度もない。君がもしも私に対して、今回の結婚が国王陛下からの一方的な命令で〝可哀想《かわいそう》だ〟などと思ったりしているのならば、そんな感情は不要だ」

「……そうですか」

彼の答えに心が軽くなったのはほんの一瞬だけで、すぐに心が重くなった。

淡い想いを抱いているヴィオレットの胸は、ちりちりと痛むだけだった――。

「……他人に対して、好きだの嫌いだのといったものさしで、何かを測ることは私にはできない。あるのは、モンクティエ家にとって有益かどうか、というだけの話だ」

「……だから、私と結婚してもかまわないとお思いなのですか」

「私は、君と結婚したい。君がどう思っていようとも」

「……わかりました」

最初から、頷く以外許されてはいない。心の空洞を埋めるものは今は何もなく、銀製の小物入れをただ強く握りしめることしか、ヴィオレットにはできなかった。

ヴィオレットが自分の運命を受け入れる決心がつかないまま、夜は明けた。

レイナルドがラザルス家の屋敷に迎えに来てから、宮殿に辿り着くまでの目まぐるしさは、ヴィオレットが経験のしたことがないものであった。

「すみません、慌ただしくしてしまって。ヴィオレット様を早く宮殿にお連れしたかったものですから」

レイナルドに笑顔を向けられて、ヴィオレットは苦笑いを浮かべるしかなかった。

「このあとの予定ですが、国王陛下にお会いいただき、王位継承のための書類にサインをしていただきます。その直後にジャヌカン公爵との婚姻の書類にもサインをしていただくことになります」

「……全部、今日、済ませてしまうんですね」

「恐れながら、後回しにする理由がございませんので」

「そう」

ぽつりと呟《つぶや》いてから俯いてしまったヴィオレットを見かねて、レイナルドは再び口を開いた。

「すみません……言い方を変えさせていただきます。後回しにする余裕がないのですよ」

「それは、陛下の体調面で……？」

「そうですね。それもありますが、一日でも早く、お世継ぎが生まれることを望んでおりますので」

「……世継ぎ」

「王位を継承されましても、ヴィオレット様におきましてはご公務よりも、健《すこ》やかなお子様を誕生させることに専念していただきます」

確かに、昨日までただの平民だった自分が突然公務だと言われてもこなせる気はしなかったが、子供を誕生させることに専念と言われても――。

「戴冠式などの式典に関しましては、急いで準備は進めておりますが、どれだけ急いでも一ヶ月はかかるかと思われます」

「……式典を行うのね……」

「なるべく盛大に行う予定でございます」

「ヴァレリアン国王の体調がよくないというのに？」

「そんなときだからこそですよ。新女王の誕生を盛大に祝い、国が暗く沈まないようにするのが次の王の最初の役割でもあります。とくに陛下は身体が丈夫ではありませんので、少なからず、不安に思う者もいたでしょう。だから、美しく健やかな女王のお姿を皆に盛大に見せる必要があるのです」

（女王……）

やはり、覚悟ができていないせいか、女王となる自分の姿がヴィオレットには想像ができなかった。

ヴィオレットが控えている部屋に、従者がやってくる。

「失礼いたします、ヴィオレット様。謁見《えっけん》の間にご移動願えますでしょうか？」

「……わかりました」

ヴィオレットはゆっくりとソファから立ち上がり、レイナルドと共に謁見の間へと向かった。

まるで鏡のようによく磨かれた床だ……などと思いながら、ヴィオレットは長い廊下をゆっくりと歩いていく。大きな窓から差し込む光は、新女王となるヴィオレットの心とは相反するように、彼女の身を目映《まばゆ》く照らし歓迎していた。

やがて大きな扉の前に一行が辿り着くと、その扉が左右に開かれた。

「……」

深紅の綾織りの壁布が、色鮮やかにヴィオレットの視界に映し出される。

壁のあちらこちらにある豪華な金箔を施した木彫り細工が、赤い色を際立たせていた。

「よく来てくれたね。ヴィオレット」

およそ病人とは思えぬ凛《りん》とした声が響き、彼女が顔をあげると、玉座にはアンブルシエール王国の国王であり、父であるヴァレリアンが座っていた。

(国王陛下……)

ヴィオレットは深々とお辞儀をする。

肖像画でしか見たことがなかったヴァレリアンの姿は、絵で見るよりも頬《ほお》がこけ、酷くやせ細っていたけれど、ただ座っているだけでも威厳があった。

(この方が、私の……お父様?)

にわかには信じられず、むしろ疑わしく思えた。

自分の中に流れる血が、目の前にいる国王と同じ種類のものとは到底思えなかった。

「ヴィオレット、もっと近くに来て、顔をよく見せてはくれまいか?」

「……は、はい」

けれど、足が鉛のように重くてなかなか動かない。

緊張のせいなのか、国王の威厳に圧倒されてしまっているのか——。

かつ、かつとゆっくりと足音が近づいてくる。ヴィオレットが顔をあげると、手を差し伸べてくるラファエルが見えた。

「ラファエル様……」

「父王を前にして何を恐れている?」

彼の長めの前髪が、艶めく紫色の瞳の前で揺れた。

「……申し訳ありません」

「謝る必要はない」

ヴィオレットはラファエルの手を借りて、ようやくヴァレリアンの傍まで歩み寄ることができた。

「エルミーヌの生き写しのように、美しい娘に育ったな……ヴィオレット」

「……ありがとうございます……陛下」

ヴィオレットの対応に、ラファエルが紫の瞳できつく見下ろしてくる。

「〝お父様〟だ」

端的に告げてくる彼に、ヴィオレットはおうむ返しをするようにして「お、お父様」と言い直す羽目になった。

「かまわぬ、ラファエル。あまりヴィオレットに厳しくしてくれるな……これからの苦労を思えば、そなただけは娘を砂糖菓子のような甘やかせ方をして欲しい」

微笑むヴァレリアンに対して、ヴィオレットは複雑な胸中であった。

自分は彼に対して父という思いを即座には持てずにいるのに、彼はそうではないのだろうか——と。

「ヴィオレット」

「は、はい」

「長い間、放っておいてすまなかった」

「いいえ……」

「エルミーヌが亡くなって、すぐにでもおまえをこちらに連れてきたかったのだが、そうすることができず……私は悔やんでいる」

ヴィオレットはどう答えていいのかわからなかった。

自分には養父母のリュシアンとサラがいて、なんの不自由もなく育ててもらい、少しも不幸ではなかった。

「……」

紫の瞳が余計なことは言うなとばかりに見下ろしてきていて、ヴィオレットは何も言えずにそのまま俯いた。

「エルミーヌが亡くなったとき、おまえはまだ幼かったな……エルミーヌとの思い出は、少しはあるのか？」

ヴァレリアンの問いかけに、ヴィオレットは首を左右に振った。

「いいえ、顔も覚えていないほどです」

「そうか……」

ヴァレリアンは小さく息を吐いてから、ヴィオレットに聞いた。

「……その昔、私はエルミーヌに指輪を贈っているのだが、それはいったいどうなっただろう？　ヴィオレットが持っているのか？」

指輪の話と聞いて、咄嗟《とっさ》にクリスタルの指輪が思い出されたが、あれを国王が贈ったとはやはり思えず、別の男性から贈られた指輪の話を暴露することはさすがに憚《はばか》られて、ヴィオレットは再び首を振った。

「申し訳ありません……私は、預かっておりません」

「……そうか」

ヴァレリアンは少し寂しげな表情を浮かべる。

指輪……というのは、愛情の証《あかし》だったりしたのだろうか？

それをヴァレリアンがエルミーヌに贈ったのは、彼なりの愛情表現だったのだろうか？

残念そうなヴァレリアンの表情に、ヴィオレットはそんなふうに思わされた。

(もしかしたら、陛下からの指輪はラザルス家にあるのかもしれないけれど……)

だが、もしあるのであれば、リュシアンがクリスタルの指輪と共にヴィオレットに渡してくれたはずだ。それをしなかったということは、指輪の存在さえも、エルミーヌは秘密にしていたのかもしれない。

――彼女はヴィオレットの本当の父親のことは、隠しておきたかったのだから……。

「陛下の指輪をお持ちでないというのであれば、〝彼女〟が陛下のご息女のヴィオレット様ではない可能性もあるのでは？」

ふいに一連の流れを見守っていた大勢の貴族のうちの誰かが、やや悪意を感じさせる声を響かせた。ヴィオレットは声の主を見ようとしたが、ラファエルが〝見るな〟と言わんばかりに首を振る。

「些細《ささい》なことで動揺するな。毅然《きぜん》としていろ……そうでなければ相手の思う壺だ」

「……は、はい」

自分がヴィオレットではない？　何を言い出すのだろうと思ったけれど、彼女自身、母親のエルミーヌの記憶がないものだから、疑われても仕方がないとも考えた。

「……指輪があればエルミーヌの娘という証明にもならぬ。ただ、私が思い出に浸《ひた》ってしまっただけだ。彼女がヴィオレットであるというのは間違いない」

ヴァレリアンは立ち上がり、玉座からゆっくりと数段下りてヴィオレットの傍までやってきた。

「ヴィオレット、私がおまえの傍にいられるのは、もうさほど長くはないかもしれぬ。おまえのためにしてやれることも数少ないだろう。父として不甲斐《ふがい》なく思う……許して欲しい」

「……」

ヴィオレットには返す言葉がなかった。

父であるヴァレリアンを目の前にしても、実感がわかないのが正直なところで、また父との対面を喜ぶよりも、これから先の不安のほうが大きかったから、複雑だった。

「それでも私は一国の王として、おまえにこの国の未来を託さねばならぬ」

彼の視線の先にはいつからそこに用意されていたのか、木製のテーブルのうえにたくさんの文字が書かれた羊皮紙と羽ペンがあった。

「私は本日をもって退位し、我が娘、ヴィオレットに譲位することをここに宣言する」

国王自ら真っ白い羽のペンを手に取ると、羊皮紙にサインをした。

身動きが取れずにいるヴィオレットの背中を、ラファエルがそっと押した。

『君の番だ』

サインをしろ、ということなのだろう。けれど指先に力が入らず、羽のペンがうまく持てなかった。

そんなヴィオレットの様子を見て、ヴァレリアンは苦笑いを浮かべた。

「……十数年前――私も、王位継承のためにサインをした。私のように国王となるべく育ってきていても、サインをするときには、その重圧に恐れを抱いたものだった。だが、今、おまえの隣にいるラファエルが、いついかなるときでもおまえを支え守るであろう」

(……守る？)

それはラファエル本人からも聞いた言葉だった。

彼の目的がどうであれ、宿命の王冠を持つヴィオレットを、守ると――。彼の言葉や父王の言葉を、信じる、信じないにかかわらず、自分はこの状況から逃れる術《すべ》はないのだ。

（……あぁ、お母様……）

今、このときほど、母エルミーヌと話がしたいと強く思ったことはない。

これが自分の宿命なのかと、母に聞きたかった。

震えの止まらない指でペンを摘み、ヴィオレットは羊皮紙にサインをした。

「こちらにもサインを」

そう言って目の前に置かれた羊皮紙は結婚証書であった。

ヴィオレットがためらったのちにサインをすると、続いてラファエルもサインをする。

こうしてあっけなくヴィオレットはアンブルシエール王国の王位を継承し、ラファエルと婚姻関係を結んだ。

「……あとのことはよろしく頼む」

深々と息を吐くと、ヴァレリアンは退室していった。

一瞬見えたヴァレリアンの青白い横顔に、彼の体調の悪さをヴィオレットも知ることとなる。

疑っていたわけではなかったけれど、凜とした様子で立っているヴァレリアンを見ていると、彼が病気で明日をも知れぬ身だとは思えなかった。

（でも……それこそが、国王の品格というものなのかもしれない）

「それでは陛下、お部屋へ参りましょう」

レイナルドが恭しく声をかけてくるが、すぐには自分に話しかけてきていると気づけなかった。

「ヴィオレット女王」

ラファエルの声が頭上で響き、はっと顔を上げると、彼の紫色の瞳と視線がぶつかる。

「……のちほど、また」

「……は、はい」

自分自身は何も変わっていないのに、立場や環境ばかりが大きく変えられてしまった。

ヴィオレットは王位を継承し、そして、ラファエルと結婚した――。

(振り返ってばかりではいけない――わかってはいるけれど)

実感がわかず、女王としてこれからどう振る舞っていけばいいのかわからなかったから、ヴィオレットはただただ不安だった。


その後、ヴィオレットは【ラヴァンドの間】に案内され、レイナルドからここが日常的に使う部屋だという説明を受けた。

白地に小花の柄の壁布が愛らしい、という印象を持つ部屋だ。

「そちらにあります寝室を抜けますと、【オルキデの間】へ行けます」

「オルキデの間？」

「ラファエル殿下がお使いになるお部屋でございます」

「……お部屋が繋《つな》がっているということ？」

「ご夫婦が仲睦《なかむつ》まじくしていただければ、お世継ぎも早く誕生されることでしょう。先にご説明させていただきましたとおり、女王陛下におきましては、健やかなお子様の誕生のためだけに専念していただくことになっておりますので」

「それは……聞きましたが」

「今後のご公務などに関しましても、ラファエル殿下が代行されます」

「……はい」

だったら自分はなんなのだろう？　と思わされた。

「まずは身体を清めていただき、初夜のためのご準備をなさってくださいませ」

どうということもないといった表情でレイナルドは告げたが、ヴィオレットは目を丸くしてしまう。

「え？　しょ、初夜……って、これから？　すぐ？」

「さようでございます。お世継ぎの誕生は、一分でも一秒でも早いほうがよろしいので。私は飲み物の用意がありますので、一旦《いったん》、失礼させていただきます」

レイナルドの銀灰色の瞳が侍女に移ると、数名の侍女がまるで取り押さえるようにしてヴィオレットをバスルームへと連行した。

丁重ではあるものの、ヴィオレットは着ているものをすべて脱がされ、ミルク色の湯の中に入れられる。

赤やピンクの薔薇の花びらが浮かぶ湯船に浸かっていると、侍女が薔薇水と何やら妖《あや》しげな色の飲み物を持ってくる。

「先にこちらからお飲みください。滋養と強壮に効果があるジュースでございます」

「……あ、ありがとう」

いったい何を混ぜ合わせれば、こんなに不味《まず》い飲み物になるのかと思うほど口に合わないジュースを一気に飲み干すと、甘い薔薇水で口直しをした。

「こちらもよろしければ召しあがってください」

侍女が差し出した銀色のトレーには、マドレーヌやフィナンシエ、ドライフルーツが目に鮮やかなフルーツケーキがたくさん皿のうえに載せられていた。

そういえば、朝から慌ただしくて食事をとっていなかった。と、ヴィオレットは思い出していた。

「ありがとう、いただくわ」

フィナンシェをひとつ摘んで頰張る。

口の中にバターの香りが広がって、食欲に火がつく。

「美味《おい》しいわ」

「たくさんお召しあがりくださいませ」

侍女に勧められて食べたフルーツケーキも絶品だった。

「どれも、本当に美味しいわね」

別の侍女が運んできたアイスクリームを食べながらヴィオレットが言うと、侍女たちは微笑んだ。

「宮廷菓子部門の長官、ノーラン様が作られるお菓子はとても美味しいと、ヴァレリアン前国王も絶讃なさっています」

ノーランが作るチーズタルトも、一度食べたらその味が忘れられなくなるほどだと、侍女たちが褒めたたえた。

ヴァレリアンのために作られたたくさんのお菓子は、彼が食べきれないと従者たちに配られるため、そのせいでこの城の従者たちはお菓子に関してやたらと舌が肥えてしまっているそうだ。

また、エテルネル宮殿に部屋を賜《たまわ》る貴族には〝お菓子の時間〟というものがあって、宮廷菓子職人たちが作ったスイーツが振る舞われる時間があるそうだ。

そんな話をしていると、別の侍女がヴィオレットを迎えにやってきた。

「ラファエル殿下のご準備が整いました」

最後にもう一度薔薇水を飲まされると、ヴィオレットは肌触りのよい薄手の寝間着に着替えさせられた。

彼女の艶やかで美しいプラチナブロンドの髪には、白い小花の髪飾りが飾られる。そうして準備がすっかり整ってしまうと、ヴィオレットの心は不安で揺れる。

王位を継いだ実感がないのはもちろん、自分がラファエルと結婚した実感もまるでない。結婚証書にサインをしたのだってつい先ほどであるのに、もう寝室を共にしなければならないのか――と。

寝室の扉が開かれて、薄暗い部屋の中にヴィオレットが足を踏み入れると、背後の扉が静かに閉められた。

薄暗さに目が慣れてくると、天蓋《てんがい》付きのベッドに人がいることがわかった。

「……ラファエル……様？」

彼以外いるはずがなかったが確かめずにはいられなくなり、恐る恐る訊《たず》ねると彼は笑う。

「そちらまで迎えに行ったほうがいいのかな？　女王陛下」

「あ、あの……」

わざわざ来てもらうほどの距離ではない。けれど、足が思うように動かなくて、ぐずぐずと返事に迷っていると、ラファエルがベッドから降りて傍まで歩み寄ってきた。

「ずいぶん初々《ういうい》しい反応で、煽《あお》ってくれるね？　美しいと言われ慣れている割には」

彼はそう言うと、華奢《きゃしゃ》なヴィオレットの身体を抱き上げ、そのままベッドへと運ぶ。

「な、慣れているというわけでは――私は、単に……」

ヴィオレットの身体がベッドに沈む。その身体に重なるようにしてラファエルの身体が覆い被さってくれば、緊張で全身が小刻みに震える。

「単に……なんだ？　続きを」

「ラファエル様が見ても、美しいと……感じていただけるのだなと、思っただけで……」

「ラファエルで結構。私たちは夫婦になったのだからな」

「……は、い……それならば、あなたも……」

女王陛下だなんて、呼ばれ慣れない言い方をして欲しくなかった。

「ヴィオレット、君は美しいよ。こんな造花の飾り物など、不要なくらいにね」

彼女の髪に飾られた髪飾りを抜き取りながら、ラファエルは笑う。彼の指が髪に触れただけでぞくりとさせられた。

「……私は、どうしていれば、いいですか？」

この状況下であれこれしろと言われてもできる自信はなかったが、かといって黙ってもいられずラファエルに聞くと、彼は耳もとでそっと囁いた。

「何もするな」

「は、はい」

彼の吐息が耳に触れ、全身がざわついた。いったいこの感覚はなんなのだろう？　彼女として、年ごろであったから、男女のことはある程度知識として知ってはいても、感覚までは想像できなかった。

「……おとなしく、していてくれ」

ラファエルはそう呟くと、ヴィオレットに口づけた。

「……っん」

触れてすぐは少しひんやりとした彼の唇の温度に、他人の唇と触れ合っているのだと思わされたが、重ね合っているうちに同じ温度になっていく。

「……身体、硬いな。私とするのが怖いか？」

「こ、怖いです……だ、だって……こんな、結婚してすぐだなんて……っう、ン」

唐突に寝間着越しに胸の頂《いただ》きに触れられて、ヴィオレットの身体が小さく跳ねる。

「けっこう敏感なのだな」

揶揄《やゆ》するように言ってくるから、ヴィオレットは思わず反論した。

「急に触られれば、誰だって……あなただって、同じはずです」

「煽ってくるね。じゃあ、やってみなよ」

黒い前髪の向こうで、宝石のような紫の瞳が妖しげに輝いている。

(触れろと、おっしゃっているの……？)

それもまた羞恥心《しゅうちしん》に火がついて、耳朶《みみたぶ》まで熱くなってしまう。

赤く色づいたヴィオレットのそこに、ラファエルは舌を這《は》わせてきた。

「ん……っ、ン」

「初々しい反応を見せられると気が急《せ》いてしまうね。早く手に入れたくなる」

「手に入れたいと、思っていらっしゃるのは……私、ではないでしょう？」

彼が欲しいのは王冠を被った妻で――今後続くであろう、モンクティエ家の繁栄。だからこそ、ためらいもなく自分を抱けるのだとヴィオレットは思った。

「君のことだって欲しいさ、ヴィオレット。君は今や権力の象徴なのだからね」

「……あなたは、本当に野心家なのですね」

「そうだよ」

ラファエルは笑った。

「不満そうな様子なのはどうしてなのだろうか。君は私が嫌いなのだろう？」

「嫌ってなど、おりません」

「結婚を嫌がったのに？」

「あなたには、幸せになって欲しかったから。好きな人と結婚して欲しかったんです」

「好きな女はいないと言った……それに、幸せがどうとか言うなら、君と結婚できたことが最高の栄誉であり、これ以上ないほど私は幸せ……ではないかと思う」

「それはやっぱり……私である必要がない話ですね」

「何を言っているんだ？　君がこの国の王であるというのに」

寝間着の裾から手を入れられて、膝《ひざ》から太腿《ふともも》まで撫《な》であげられる。

「ひ……ゃ……」

「そうやって、私の気を逸《そ》らそうとしているのか？　無駄だ。君はもう私と結婚したのだからね」

ドロワーズ越しに花芯を撫でられると、堪らずに声があがる。

「や……そ、んなところ……触ら、ないで」

「体中、全部触ってあげるよ。ヴィオレット」

ラファエルの指が花芯から蕾《つぼみ》へと、何度も擦《こす》りあげるようにして往復する。そのたびにヴィオレットは、今まで感じたことのない感覚に意識を奪われそうになっていく。

「あ……ぁ……やめ、あ」

「ここを指で擦られると、感じる？」

淫猥《いんわい》な空気がベッドのうえで広がっていく。秘めた場所以外を撫でられても、ヴィオレットの息は乱されていく。

「ん……ぅ。も……いや」

「まだ始まったばかりだよ、ヴィオレット」

寝間着の胸もとを結んでいたリボンをするりと解《ほど》き、ラファエルは彼女の胸を露《あら》わにさせる。

淡い恋心を抱いている相手に素肌を見られる羞恥に耐えかねて、ヴィオレットは眦《まなじり》に涙を滲《にじ》ませた。

「そんなに私に抱かれるのが嫌か？　私はこんなにも君を欲しているというのにね」

「……っ」

太腿に彼の欲望の塊を押しつけられて、悲鳴をあげそうになるのを寸前で堪えた。男性を知らないヴィオレットにとって、たとえラファエルに好意を抱いていても、押しつけられたものの大きさや硬さには、恐怖心がわいてしまう。

「……やはり、怖いのか？」

彼の低い声が耳をくすぐる。

「お……恐ろしい……です」

「……んー……」

正直な気持ちをラファエルに告げると、彼はヴィオレットをそっと抱きしめた。柔らかな抱擁は、まるで愛しい相手にするもののように感じられてしまう。

「……ラファエル……？」

「……やみくもに、怖い思いをさせたいわけじゃないよ……」

ヴィオレットも腕を伸ばし、彼の身体を抱きしめる。

どれくらいの間、そうやってただ抱き合っていただろうか……。ラファエルの体温が溶けるように自分の肌へと伝わってくる。

「抱きしめられるのは、嫌じゃないんだな」

ヴィオレットの肩を抱いていた掌《てのひら》が、後ろからそっと頰を撫でてくる。こんなふうに触れられるのは悪くない、とヴィオレットは感じていた。

「……いきなり、あちこち触れられるのは……恥ずかしくて……怖いです」

「注文が多いんだな」

呆《あき》れるように笑いながらも、それでも無理強いをしてこない彼の優しさに、ヴィオレットは胸を熱くさせられる。

「……あなたは、優しい人なんですね」

呟くように彼女が言うと、ラファエルは苦々しげに返事をしてきた。

「勘違いをするな。抱かないとは言っていない」

「それは……わかっています」

「触れないことが優しさでもない。きちんと君の準備ができなければ、痛い思いをするのも君なのだからな」

「……痛いのですね……」

「君次第だ」

彼の指が再び太腿に触れてくる。ゆるゆると肌を滑り、指先が内側へと入り込んできた。

「あ……ぁ……そこは……苦手、です」

「私は、触れたいよ」

「……ひ……ぁン……や、だ」

ドロワーズ越しにラファエルの指が花芯に触れてくる。甘美な感触がたちまちその場所からわいたが、声を漏らせば彼はまた何か言ってくるに違いないと思い、ヴィオレットは必死に声を押し殺した。

「……もうからかったりはしない。感じたまま、声を出しなさい」

「で、も」

そうこうしているうちに、ドロワーズを彼に脱がされる。胸を見られることにも羞恥を覚えたが、成熟しきっていないその部分を見られれば、泣き出したいほどの羞恥を覚えた。

「あ……ぁ、いや……」

「何も、着ている必要はないだろう」

「……ま、待って……っ」

小さな抵抗は虚《むな》しく、ヴィオレットの寝間着はラファエルの手によって脱がされてしまう。

侍女に見られるのとはわけが違い、心許《こころもと》なさと恥ずかしさで全身が小刻みに震えた。

「滑らかで、美しい肌だ……」

ラファエルはそう言いながらヴィオレットの華奢な腰を撫でまわし、ややしてから掌で胸に触れる。頂きに彼の指が触れれば、身体の芯が火をつけられたように熱くなった。

「あ……っン」

「……痛いか？」

痛みはなかったから、ヴィオレットは首を左右に振った。

「痛くは……な……っ」

彼はヴィオレットの胸を揉《も》みしだきながら、先端部を吸い始める。そうされてしまうと、ラファエルの舌先や柔らかい唇の感触に、ヴィオレットはあっという間に翻弄《ほんろう》されていった。

「あぁ……それ、いや……です」

甘美な快楽は全身を痺《しび》れさせる。

「拒否、ばかりだな」

くくっと彼は笑いながら、自らも着ていた寝間着を脱いだ。当然、男性の裸を見るのも初めてのヴィオレットは、いっそう羞恥に頬を赤らめた。

じりじりと追い詰められていく感覚。余裕など最初からなかったが、行為が進むにつれて不安が大きく膨らむ。

「……そんなに恐ろしいか？」

太腿を撫でられながら聞かれれば、ヴィオレットは頷くしかなかった。

「目を瞑《つぶ》っていなさい……すぐ終わる」

「は、はい」

目を閉じていれば、彼の裸身を見ずに済む。ラファエルを見たくないというわけではなかったが、ヴィオレットは羞恥から来る不安に蓋をするために目を閉じた。

「……」

閉じた瞼《まぶた》のうえに唇を落とされる。柔らかい唇の感触を顔のあちこちで感じていると、彼の指先が秘裂を割ってきた。

「……っ」

「……あぁ、ここは……随分《ずいぶん》と柔らかくて……熱いんだな」

花芯を指の腹で撫でられ、甘美な快感がじわりと広がった。敏感な場所を撫でられながら指を挿入されると堪らずに声が出てしまう。

「い、……ぁ」

「痛いだろうけれど……少しだけ耐えて」

耳もとでラファエルの声がした。

(少しの間、我慢していればいいのね……)

ラファエルの指がヴィオレットの内部で動いている。出入りしたり掻《か》き混ぜられたりする感覚はどうとも言いがたいものではあったが、痛みはなかった。

「……う……ン」

やがて弄《いじ》られている部分からは、くちゅくちゅと粘着質な水音がし始める。その音に比例するように、内部で感じているものの甘さが深まっていく感じがしていた。

「……ヴィオレット」

「あ……ぁ……ラファエル……それ、いや……」

「また〝いや〟か……もっと触れたいよ？」

こんなふうに名前を呼び合う日が来るとはヴィオレットには、想像もできなかった。姿を見るのも憚られて、リトスに用事を頼んだのはつい昨日の話だというのに、まさか寝室を共にすることになるとは――。

ラファエルの唇が徐々に下がってきて、首筋から鎖骨、そして胸もとに辿り着く。胸の先端部に生ぬるい感触を覚えれば、下腹部がつきりと切なく疼《うず》いた。

内側のぬめりをヴィオレット自身も感じられるほど、ラファエルの指の動きが滑らかになっていく。そうしているうちに、初めは一本だった指がもう一本挿入されて二本になっていた。

指二本の挿入では内側に窮屈さを感じさせられていたヴィオレットだったが、それも初めだけで内側はどんどん解《ほぐ》されていく。

（あぁ……こうやって、身体の準備が出来上がっていくのね……で、でも……）

身体の準備が整ってくると、彼女は気持ちの高ぶりを覚え始めていた。高ぶっているものの正体はわからなかったけれども。

「……挿《い》れるよ」

指をヴィオレットの身体から引き抜きながら、ラファエルが告げる。

つい先ほどまで指が挿入されていた場所に、熱の塊が徐々に押し込まれてきた。指でいくらか解されていたとはいえ、狭隘《きょうあい》な部分は男性器の挿入を阻むように収縮する。

「……っく……少し、力を抜いて」

「……ん……ぅ」

なぜだか身体がざわつくような感じがして、奥が疼いている。ラファエルの大きさは窮屈で息苦しいと感じさせられるのに、早く進んできて欲しいと思えてしまっていた。

「あ……ぁ、ラファエル……」

「……痛いか？」

「あ……ン……だ、大丈夫……です」

胸を揉まれ、敏感な頂きを指で弄られながら聞かれると、媚《こ》びるような声色になってしまう。

「……もっと、奥まで挿れるぞ」

「……っ……あ、あぁ……」

出し入れを繰り返しながら彼の身体が奥に進んできている。肉体を割られる感覚に、ヴィオレットは息を乱した。

「あ……あ、はぁ……はっ」

「ヴィオレット……ほら……君は、もう……私のものだ」

最奥まで彼に貫かれ、ふたりの腰は溶けるように繋がっている。〝私のものだ〟と告げた彼の声からラファエルの高ぶりを覚えさせられて、触れ合っている部分に滲むような甘さが生まれた。

ラファエルが欲しがっているのが彼女自身ではなく、ヴィオレットが持つ王冠だけだとわかっていても、ヴィオレットは喜びを覚えていた。

彼がこちらをどう思っていても、ラファエルは初恋の相手だったから——。

平民のままでいれば抱き合うことはもちろん、話すことすら憚られる相手。教会で彼を見つければ、その艶やかな黒髪を目で追い、胸をときめかせた日々が思い出させられた。

『紫色の瞳がお美しい方ですね』

はしゃぐように告げてきたリトスの言葉に、興味を持たされたのがきっかけだった。母が大好きだったという菫と同じ色の瞳を持つ男性。彼は彼女が見てきたどんな男性よりも美しく、気品に満ちあふれていた。

（……ラファエル……）

ゆるゆると瞳を開ければ、紫の瞳と視線がぶつかった。

彼はいつからこちらを見ていたのだろう？　すぐさま目が合ったことでヴィオレットはそう思わされる。

「……目を開ければ、恐ろしくなるのだろう？」

「もう……大丈夫です……」

「そうか」

ふっと彼は笑い、ヴィオレットに口づけた。短い口づけのあと、彼は再び彼女に口づけてきて、舌先で唇を開けさせると口腔《こうこう》内に生ぬるい舌を挿《さ》し込んできた。

舌が触れ合いその部分を舐《な》めまわされる。そんな行為は、今までキスもしたことがなかった彼女にとっては不思議なものではあったけれど、興奮を煽られて、下腹部が熱っぽくなった。

「あ……ふ……ぁ」

内部が蠢《うごめ》き、襞《ひだ》が彼を締めつけるように動いているのがわかってしまう。

きゅうっとそこが収縮すれば、身体の芯が溶けそうになるような甘い快感が生まれる。

「……こういうキスが、好きだった？　もっと早くしてあげればよかったね」

意地悪なのかどうなのかわからない口調で告げてくるラファエルに、ヴィオレットは頬を赤くさせた。

「そういうことを、おっしゃらないでください」

「嫌だったか？」

紫の瞳を細める表情に色香を感じさせられて、ヴィオレットの胸が熱くなる。

「……恥ずかしいです」

彼女の返事にラファエルは笑う。

そして、まるで愛おしいものに触れるようにして頬を撫で、ヴィオレットに再び口づけた。

「初々しくて、可愛いね」

穏やかな時間はそこまでだった。

ラファエルが抽挿《ちゅうそう》を再開し、腰を揺らされれば、一気に淫猥な底なし沼に引き込まれてしまう。

「あ……っ、ああ……ぁ……や……あ、ン」

「……可愛《かわい》い声」

「……そ、いうこと……おっしゃらないで……ください……ン」

身体を揺らされると甘えるような媚びた声があがってしまう。今まで知らなかった自分のこんな声を、他でもないラファエルに聞かれてしまうことが恥ずかしくて堪らなかった。

「ん……可愛い……ヴィオレット。君の声も、身体も……私を夢中にさせるね」

大袈裟《おおげさ》に抜き差しをされれば、わき上がる情欲の渦にのみ込まれ、ヴィオレットは高い声を出してしまう。

「あ……あぁ……や……、そんなに……っ、かないで」

「もう、やめられないよ……ん……君の、中が、よすぎるから」

彼は笑いながらも余裕のない様子で、ヴィオレットの身体を揺らす。

ずちゅ、ずちゅ、と淫猥な水音が、彼が動くたびに聞こえてくる。それが、ふたりが混ざり合っている音だと考えてしまうと、ヴィオレットはよりいっそう興奮に喘《あえ》いでしまう。

「あ……あぁン……ラファエル……あぁ……は、ぁ……」

彼の身体に腕を回し、いつしか抱きしめる格好になっていた。

それに対してラファエルは何も言わず、その代わり同じようにしてヴィオレットを抱きしめ返してきた。

「ん……あ……ぁ……ラファエル……ラファエル……っ」

「……っ、ふ」

抱かれるまでは、その行為がどういったものなのかを知っていても、どう感じるものなのかまでは知り得なかった。

だから、母は父に抱かれていったいどう思っていたのだろうと、想像させられていたけれど、相手が愛おしいと思える人であるならば、それが刹那的《せつなてき》なものであっても、肌を合わせることにヴィオレットは幸福を覚えていた。

（一瞬だけでも今は……ラファエルは、私だけの……もの、だもの）

背筋にぞくりと甘い快感を覚える。彼の身体を受け入れている中心が熱くて、もっと深い場所に来て欲しくなった。

「……ヴィオレット……？」

「奥……に……」

反応が変わった彼女を見て、ラファエルは笑んだ。

「奥が、どうした？」

「……もっと、奥で……揺すって欲しいです」

「気持ちよくなってきてしまったか？」

くくっと彼は笑った。

気持ちいい――この熱くなっている感覚をそう呼ぶのだろうか？　だから彼を欲しくなる気持ちが強くなったのだろうか？　とヴィオレットは考える。

「ん……ぁ、は、い」

「――そうか」

唐突に花芯に指で触れられて、ヴィオレットの身体が大きく跳ねた。

「ひ……っ、や……ぁン……何、を」

「奥にあげるけど……それだとこちらがそうはもたないんでね」

抱きしめ合っていた身体が離れ、ラファエルは上半身を起こすとヴィオレットの片足を肩にかけて、最奥を突きあげ始める。

剝《む》き出しにされた花芯を彼に撫でられながら最奥を突かれると、得もいわれぬ快感がわいてヴィオレットは喘いだ。

「あ……あぁ……ン……ラファエル……っ」

「イイ？」

「あ……あ……いい……です」

「……っ、ふ……興奮、するね……ヴィオレット……私も、凄《すご》くイイよ」

彼がどんなふうに感じて、どういいと思ってくれているのか彼女にはわからなかったけれども、ラファエルの興奮を感じれば熱があがった。

ヴィオレットが感じて堪らない部分を絶え間なく突きあげられ、花芯の快感で煽られた身体はあっという間に頂点へと達する。

「あ……、あ……あぁ……あ……や……ぁ……！」

「——出すぞ」

弓なりに反ったヴィオレットの身体を大きく突きあげ、ラファエルは彼女の体内に白濁の欲望を吐き出して、呻《うめ》いた。

「あぁ……ヴィオレット……っ」

恍惚《こうこつ》とした彼の表情は美しくて、ヴィオレットは濡《ぬ》れた瞳でラファエルを見つめ続けた。

彼が見ているのが自分ではなく、彼女の王冠だけだと気づいていても、今は幸せだった

——。

第二章

ラファエルがヴィオレットと結婚してから早くも三週間が過ぎようとしていた。

ヴァレリアンが退位したことで、執務はヴィオレットの代わりにラファエルが行っていたため、日中の彼は多忙だった。とはいえ今までも、彼が十八歳のころから国王の傍付きとして宮殿内の一室に部屋を賜り、身体が丈夫ではない国王の補佐をし続けていたので、仕事のうえでは多忙であっても苦になるものではなかった。

「……失礼いたします、お菓子の時間でございますのでご用意させていただきました」

扉の向こうで従者の声がして、ラファエルが入室を許可すると、執務室の扉が開き従者が銀色のワゴンを押して入ってきた。

ふわりと甘い香りがする。

宮廷菓子部門で作られた、砂糖がふんだんに使われた菓子類は、疲れが癒《いや》される気分にはなるけれど——。

サワークリームがたっぷり使われたミルククリーム《ミルヒラーム》の渦巻き状のお菓子《シュトゥリューデル》のうえには、バニラソースがかかっていて、見た目にも美味しそうだった。

ミルヒラーム・シュトゥリューデルはパイ生地よりもやや薄い生地で具を包み込んで焼い

た温かいお菓子である。今日はサワークリームが入っているが、煮詰めたりんごや酸味のあるチェリーが使われることもある、宮廷内では頻繁に食されるお菓子だった。

エテルネル宮殿内に部屋を賜る者には〝お菓子の時間〟というものがあり、いつもこうして宮廷菓子職人が作ったスイーツが振る舞われる。

これはヴァレリアン前国王のために宮廷菓子部門が創設されて以来の習慣であった。

そもそもエテルネル宮殿内の部屋を賜れるというのは、アンブルシエール王国において大変名誉なことであり、ほんの一部の貴族にしか許されないものだったのだが、スイーツが振る舞われる付加価値も加わり、なんとかして宮殿に部屋を賜れるようにと必死になる貴族も少なくなかった。

モンクティエ家も数多くの領地を与えられるようになったとはいえ、一族の中で宮殿内に部屋を賜り国王の傍付きとなったのは、ラファエルが初めてだった。

国王の血筋ではない一族が公爵領を与えられた栄誉を、モンクティエ家は何より重んじていたが、それと同時に〝国王家〟と近しい存在になることを強く望んでいた。

(こうも早く……一族の望みが叶おうとしているとは、思わなかったが)

アンブルシエール王国の由緒正しきヴァレリアン前国王の血を分けたヴィオレット。彼女が子を産めば、その子が次代の国王になる。

(モンクティエ家の血統の国王が誕生する……)

そのことを考えれば、心が歓喜する。なんて素晴らしいことなのだろう。数百年前は下級貴族だったモンクティエ家の人間が王家と血を混ぜ合わせ、その子が玉座に座る。ラファエルはふふっと笑ってから、窓の外を眺めた。窓の外に広がる景色は広大な庭園。薔薇水に使われる色鮮やかな薔薇が咲き乱れていた。

——そんな、美しいはずの薔薇を見ていると、ふっと意識が朦朧とする。

『ラファエル、おまえだって優秀なはずよ。モンクティエ家の人間なんですからね』

薔薇の花が好きだった母の部屋。たくさんの薔薇が飾られていて、あの部屋はいつでもむっとするほどの花の香りがしていた——。

母の部屋では、家庭教師が入れ替わり立ち替わりでラファエルに勉強を教えていた。ラファエル自身は特別不出来というわけではなかったが、彼のすぐうえの兄エドゥアールが飛び抜けて優秀で、天才児と賞賛された兄はわずか十一歳で王室薬剤師の助手として宮廷に出入りが許されていたから、ラファエルの両親は彼にも過度な期待をしてしまっていた。

モンクティエ家のさらなる繁栄のため、と、呪文《じゅもん》のように繰り返される言葉。そして寝る時間を与えられないほど長い勉強時間は、疲労を蓄積させて、彼の感覚をすっかり麻痺《まひ》させていた。

何が正しくて、何が正しくないのか——。考えられることはただひとつ、モンクティエ家の発展と繁栄。

「……殿下、大丈夫ですか？」

ラファエルの世話役、クレマン・オーランシュが声をかけてきて、ラファエルははっとさせられた。

「あ、あぁ……大丈夫だ」

「最近お疲れですよね。エドゥアール様のところに行ってお薬を調合してもらいましょうか？」

「……行ったところで、兄のコレクションであるチョコレートを持たされて帰ってくるだけだろ」

「エドゥアール様の持っているチョコレートって、絶品なんですよねぇ」

のほほんと言い放つクレマンも、アズリア伯爵位を持つ上級貴族だった。

由緒正しいアズリア伯爵位を継承している人物だったため、ヴァレリアンがラファエルにつけたのだが、困ったことに彼は無類のチョコレート好きで、何かあるとすぐにエドゥアールのところに行きたがる。エドゥアールも昔からチョコレートが好きだったため、気が合うのだろうけれど。

「こう言っては失礼ですが、エドゥアール様とラファエル殿下は本当のご兄弟なのかと疑うほど似ていませんよね」

あっけらかんと言い放つクレマンに対して、ラファエルは溜息を漏らした。

「兄と仲がいいのなら是非とも進言してもらいたい。チョコレートが好きなのも結構だが、少しはダイエットにも励んでいただきたいと」

「太っていらっしゃるから、お姿に愛嬌《あいきょう》があっていいんじゃないですか?」

エドゥアールは頭脳明晰《めいせき》な人物だったが、見た目には恵まれてなかった。ラファエルが物心ついたときには、彼はすでにまるまると太っていて〝美しい〟と呼ばれる世界からはほど遠いところにいた。

「……エドゥアール様の容姿が、気になりますか? 殿下は」

やや影の落ちた鳶色《とびいろ》の瞳で見つめてくるクレマンに対し、ラファエルは無関心そうに溜息を漏らした。

「容姿などどうでも。ただ、太っていることで健康を害さなければいいと思うだけだ」

ラファエルの返事に、クレマンはなぜか表情を明るくする。

「そうですよねぇ。健康問題は気になりますよね。今度お会いしたときに、それとなく言っておきますね。ところで、ココアがすっかり冷めてしまいましたね。新しいのを持ってこさせましょう」

ミルヒラーム・シュトゥリューデルと一緒に運ばれてきた生クリーム入りのココアは、クレマンが言うとおりすっかり冷めていた。

「ミルヒラーム・シュトゥリューデルも新しいものと替えて。次に持ってくるときは〝余計なもの〟を添えてこないでね」

追い払うように従者を部屋から出すクレマンを見て、ラファエルは首を傾《かし》げた。

「……何か、置いてあったのか？」

まったく気づいていなかったラファエルに対し、クレマンは苦笑した。

「小さなメモが添えてありました。それを書かれたのは女王陛下ではないと判断しましたので」

「……メモ？　あぁ……そうか。ありがとう……」

ラファエルにはそのメモを書いた人物に心当たりがあった。確かに、クレマンが言うとおり書いたのはヴィオレットではないだろう。

「いけませんよ、殿下。過去のお戯《たわむ》れに対してどうこう言うつもりはございませんが、今は大事な時期です」

「わかっているよ。君が心配するようなことは何もない」

「……そうですか。それならいいのですが」

ふぅっとラファエルは物憂げに息を吐き、クレマンを見た。

「少し、外に出てもいいだろうか？」

「どちらに行かれるおつもりですか？」

「アルモニーの教会へ行きたい」

「……反対する理由はございませんが、同行してもかまいませんか」

「もちろんだよ、クレマン。君もきっと気に入るんじゃないかな」

「……はぁ……気に入る、ですか……」

不思議そうな顔をしているクレマンと共に、お菓子が再び執務室に運ばれてくるのを待たず、ラファエルはアルモニーの教会へと向かった。


「これはこれはラファエル殿下、お久しぶりでございます」

アルモニーの教会に着くなり、ラファエル一行は神父の歓迎を受ける。

いつも世間話をしていた奥の間に通され、温かいココアと焼き菓子でもてなされる。

「お変わりはございませんでしたか？」

神父の気遣いの言葉に対して、ラファエルは静かに頷く。

「以前にも増して、充実した日々を過ごしているよ」

「それはよかったです。さぁ、冷めないうちにお飲みください」

神父に勧められてラファエルはココアに口をつけた。その彼の様子を見て、クレマンもココアを飲む。

「おぉ……これは、なかなか」

宮廷で出されるココアに負けずとも劣らない上質なカカオの味が、クレマンをうならせた。

一緒に出されたマドレーヌも上品な味わいで、美味しいと彼は思った。クレマンはちらりとラファエルを見ると、マドレーヌを口にした彼がどうしてかひどく落胆したように見えてしまった。

(どうされたのだろう?)

クレマンが疑問に感じた次の瞬間には、ラファエルはいつものようにすました表情に変わっていた。

「……最近、何か変わったことはないだろうか」

ラファエルの問いかけに対し、神父は首を左右に振る。

「いいえ、何も。アルモニーの町はいたって平和でございます」

「そうか、それならば……いいのだが」

「殿下、私からも……ご質問させていただいてもよろしいでしょうか」

「ああ、かまわない」

「女王陛下は、お元気でいらっしゃいますか」

神父の言葉を聞いて、ラファエルは静かに頷いた。

「……あぁ、体調を崩すことなく過ごしている」

「そうですか。それを聞いて安心しました……あぁ、いえ、殿下がどうということではないのですが……」

「かまわない。神父は、ヴィオレットを知っているのか？」

町の教会に彼女が来ていてもおかしくはない。ラファエルははっとした。

「……もしかして、エルミーヌ様の墓がこちらに？」

ラファエルが言うよりも先に、クレマンが聞いた。神父は頷く。

「……そうだったのか……」

アルモニーの町には複数の教会があったため、ヴァレリアンの寵愛《ちょうあい》を受けたエルミーヌの墓がどこにあるのかまでは知らなかった。

知らなかったというよりは、興味がなかったと言ったほうが正しい。死者を愚弄《ぐろう》するわけではなかったが、この世にいない人物にまで気を回す余裕がなかった。それくらい、今回明らかになったヴァレリアンの隠し子ともいえるヴィオレットの存在は、突然降ってわいたような話だったのだ。

(今までずっと、隠されてきたのに……彼女の存在を明らかにしたのは……隠しきれないと、思われたからなのか？)

どうせ隠しとおせないのであれば、生きている間にと、ヴィオレットを宮殿に呼び寄せ退位されたのか。

「エルミーヌ様の墓に、案内してもらってもいいだろうか」

ラファエルの申し出に、神父は頷く。

「かしこまりました。では、こちらへ」

神父に案内され、薔薇の花が咲く庭園に差しかかると、教会に隣接する孤児院の子供たちが花の手入れをしている最中だった。

「エルミーヌ様の墓があることで、ここの子供たちは甘いお菓子を食べることができます」

「……いつもココアと共に出していただいている焼き菓子は、ラザルス家から？」

「はい。ラザルス家というよりは、ヴィオレット様がエルミーヌ様の墓をたびたび訪れるうちに、教会に寄付してくださるようになりました。奉仕活動の一環としてなのでしょうが、子供たちのためにという部分が大きかったように思えます」

「……子供たち」

「親の顔を知らぬ子供たちに、ご自分を重ねていらっしゃったのかもしれません。養父母のリュシアン様を気遣ってか、寂しいといったお話は聞きませんでしたけれども……あぁ、こちらになります」

神父が立ち止まった場所には、エルミーヌ・ラザルスと書かれた墓が建てられていた。

「……紫の、薔薇」

彼女の墓に捧《ささ》げられている薔薇の花を見て、ぽつりと思わず呟いてしまったラファエルに、神父は微笑んだ。

「紫色はエルミーヌ様のお好きな色でございまして、この花が咲くと子供たちがエルミーヌ様の墓に持ってきてしまうんですよ」

「そうか……」

「ラファエル殿下が初めてこの教会に訪れたときも、子供たちが手折《たお》ってしまったあとで、差しあげることができませんでした」

紫の薔薇は稀少《きしょう》なもので、この教会で咲いていると聞かされわざわざ足を運ばれた――。

ラファエルは過去の出来事に苦笑いをする。

「本日は、いかがされますか？　まだ咲いている花もございますが」

神父の問いかけに、ラファエルは笑った。

「……そうだな。せっかくだから、いただいていこう」


エテルネル宮殿への帰り道。馬車の中でクレマンは紫の薔薇を憎々しげに睨《にら》んでいた。

「殿下、その薔薇の花をどうするおつもりですか」

「どうというのは？　せっかくだから、私の妻にプレゼントするつもりでいるのだけれど」

「本当ですか」

「嘘は言わない」

クレマンは小さく息を吐いた。

「この際なので、はっきりと聞いておきたいのですが」

「なんだろう？」

「ベアトリス王女との仲は、きちんと清算されたのでしょうか」

臆《おく》することなく聞いてくる彼に、ラファエルは笑った。

ベアトリス王女——ヴァレリアン前国王の妹。

第三王女で他の王女たちが早々に他国に嫁いでいったのに、歳《とし》の離れた妹ということで、ヴァレリアンが結婚の話を決めず、今まで手もとに置いておいた二十歳の王女だ。

(ヴィオレットのことがなければ、私と結婚させるおつもりだったのだろう)

はっきりとした打診はなかったが、ラファエルとしても、一族の繁栄を思えばベアトリスとの結婚は望むところだった。

ラファエルとベアトリスは恋仲であると宮廷内で噂されていて、それをヴァレリアンが知らなかったとは思えない。

けれども——。

まだ幼かったベアトリスを陥落して、ラファエルを彼女付きの世話役に任命させることで、宮廷内での立場をよくしていったのは事実だが、ラファエルは彼女に対して恋愛感情を持ってはいなかった。

「清算も何も、彼女が私の恋人だったことは一度もないよ」

「……紫の薔薇をねだったのはベアトリス王女だったのでしょう？　だから殿下はわざわざ、ご自身であのアルモニーの教会まで出向いたのでは？」

「君だって、王女の頼みとなれば、断ったりはしないだろう？」

「……それは、そうかもしれませんが」

納得のいっていない表情で、クレマンはラファエルを見つめている。

「王女とは、男女の関係はないと言っているよ」

「あなたが結婚したあとでも、あんなメモを従者に持たせるくらいなのにですか」

ミルヒラーム・シュトゥリューデルに添えられていたメモ。中身を確かめることはなかったけれど、あれはおそらくベアトリスからのものだったに違いない。そんなふうにクレマンが思うのと同じように、ラファエルも思っていた。

「王女が逢いたいとおっしゃれば、あなたは忍んで逢いに行くのですか？」

クレマンの問いかけに、ラファエルは笑ってしまった。

「どうして？　もう必要ないのに」

彼の答えを聞いて、クレマンは安堵《あんど》しつつも複雑な笑みを浮かべる。

「……殿下にとって、女王陛下は……必要な方なのでしょう。それは、わかりますが……もう少し、陛下に優しくしてはいただけませんか」

「優しく……？　それなりに敬意を払っているつもりではいるが。というより、私も気になっていたのだが、ヴィオレットがエテルネル宮殿に来てからそんなに経っているわけでもないのに、君は随分と彼女寄りのように思えるのだがどういうことなのだろう」

「女王陛下は、誰よりもお美しく、お優しい方でいらっしゃいます」

「……あぁ、美しいな。けれど、優しさは接していなければわからぬことだ。君はいつ彼女と接触しているんだ？」

「ええっと……そうですね、薬剤室ですとか、宮廷菓子部門の台所などでよくお会いします」

「なんだって？」

あっさりと告げてきたクレマンの話の内容に、ラファエルは目を丸くさせられた。

女王である彼女が、別に宮殿内のどこをうろつこうが咎《とが》める者などいないが、なぜ、エドゥアールがいる薬剤室だったり、宮廷菓子部門の台所だったりするのだ？　言葉にしていないラファエルの疑問にクレマンが答えてくる。

「お子様ができやすくなるお薬を調合してもらうために、エドゥアール様のところに行かれています。お話が合うのか、長時間会話を楽しまれているご様子です。あそこには美味しいチョコレートもありますからね。あと……台所には宮廷菓子部門長官のノーラン様に、お菓子作りを教えてもらいに行っているみたいです。女王陛下の作られる焼き菓子は絶品なんですよねぇ」

「……君は本当に、甘い物に目がないんだな」

と言いながらも、自分が食べたことのないヴィオレットのお菓子を彼が食べているという事実に対し、ラファエルは少しだけ不愉快な気持ちになった。

（……なんだ？　この忌々《いまいま》しい感じは）

彼女がどこでどうしていようと、それが宮殿内であるなら何をしていても許される。自分が制限することではないし、日中ヴィオレットが何をしているかいちいち報告してもらわなくてもかまわない。かまわないのだが――やはり、面白くない気持ちになってしまう。

「殿下だってそうでしょう？　その話を女王陛下にしたから、陛下は足繁くノーラン様のところに通っているわけで」

「私が甘い物が好きだからといって、ヴィオレットがノーランのところへ行く理由がわからない」

「だから、もっと優しくしてあげてくださいと、お願いしているのですが」

「……意味がわからないな」

もうこれ以上は聞いても無駄だとばかりに、ラファエルは馬車の窓から外を眺める。自分が知らないヴィオレットの話に、どう感じていいのかわからないというのが正直なところだった。それに、ヴィオレットが何を考えているかなんてわからないし、わかる必要もないと思っている。

紫の薔薇の花束を横目で見て、再び視線を窓の外へと移す。

(……どうでもいい。他人の感情などは)

そんなものに気持ちを揺さぶられる余裕などないのだ、とラファエルは自分に言い聞かせていた。

❁❁❁

ヴィオレットが宮廷菓子部門の台所からラヴァンドの間に戻ってくると、部屋の隅にある三角戸棚のうえに紫色の薔薇が飾られていることにすぐ気がついた。

「まぁ、紫の薔薇……」

白い陶磁器の花瓶に生けられた紫の薔薇を見ると、アルモニーの教会を思い出す。まだこの宮殿に来てから数週間だというのに、酷く懐かしい気持ちにさせられた。

「そちらの花は、ラファエル殿下がお出かけになった際に、持ち帰られたものです」

薔薇の花を生けたと思われる侍女が、ヴィオレットに説明をしてきた。

「ラファエルが？　そうなのね……。どちらにお出かけになったのかしら」

「アルモニーの教会と聞いております」

「……そう」

薔薇の花を眺めながらヴィオレットは微笑んだ。

彼がどういうつもりで、この薔薇の花を持ち帰ってきてくれたのかはわからなかったが、純粋に嬉しいと思えた。

(できれば一緒に咲いているところを見たかったけれど、それを望むのは贅沢《ぜいたく》なことね)

エテルネル宮殿内であればある程度は自由に動きまわれるが、女王となった身ではここから出るのは容易《たやす》くはないだろう。以前のように母のお墓へ行くことはもうできない。

「陛下、お支度の時間でございます」

「……はい」

日が沈むとヴィオレットは寝室に向かう準備をしなければならなかった。

結いあげていた巻き髪を下ろし、身体をバスルームで洗い清めてから、ラファエルが待つ寝室に行くのが日課だった。

(……彼は、お疲れではないのかしら)

今日は珍しくふらりと外に出る余裕があったようだが、ラファエルの日常は執務に追われる日々であった。

彼がアビを着ている姿を最後に見たのは三週間前のことだ——。それ以降は寝間着姿の彼しか見ていない。

つまり〝寝る〟とき以外は、ヴィオレットがラファエルに逢えないほど、彼は多忙なのだ。だったらせめてもと、多忙な彼の疲れを癒せるようなお菓子が作れないかと連日宮廷菓子部門長官のノーランのもとへと通い、いろんなお菓子の作り方を教えてもらっていたのだが、まだラファエルに出す自信がない。

ラファエルの世話役であるクレマンや、彼の兄であるエドゥアールは美味しいと褒めてくれるが、それが本心かどうかわからなかった。

女王陛下が作ったお菓子だから、美味しいと言うしかない……というようにも思えた。

(私はいったい、彼のために何ができるのかしら……彼が忙しいのは、私が本来やるべき公務をこなしてくれているからだというのに)

ミルク色の湯が彼女の身体を温かく包む。

しばらく物憂げに考え事をしていると、滑らかなヴィオレットの白磁のような肌が温まり、ほんのりと赤く染まっていった。

「陛下、失礼いたします。薔薇水をお持ちしました」

「ありがとう」

侍女が恭しく運んできた銀色のトレーのうえには、薔薇水が注がれたグラスと、白い小さな皿に載ったチョコレートがあった。

チョコレートにはエドゥアールが調合した薬が入っている。初日になんともいえない味の飲み物を飲まされた話をエドゥアールにしたところ、彼が滋養強壮剤を調合してくれたのだが、それもそのまま飲むにはなんともいいがたい味で、エドゥアールご自慢のチョコレートで包んで出してくれるようになったのだ。

（ラファエルも、こういった薬をお飲みになっているのかしら？）

滋養強壮剤入りのチョコレートを一口で食べてから、ヴィオレットは薔薇水を飲み干した。

バスルームから出ると、着替え担当の侍女にいつもより一段と薄い生地で作られた寝間着に着替えさせられる。肌が透けるほどの生地には羞恥を覚えたが、女王とはいえ、こういう〝しきたり〟には異を唱えることができない。

着替えが済んだヴィオレットは、寝室への扉を開けて中に入った。

シャンデリアの明かりは消され、枝付き燭台《しょくだい》の炎がゆらゆらと揺れている薄暗い室内の様子に、目が慣れるまでには少しだけ時間がかかる。

目が慣れてくると、いつものようにラファエルがベッドに腰掛けて待っている姿を認識することができた。

「……お待たせして、申し訳ありません」

「君が謝らなければいけないほど、待ってはいない」

だから謝らなくてもいい、と彼は言ってくれているのだろうか？　そのあとに言葉が続かなかったから、ヴィオレットにはラファエルの真意がわからなかった。

（……ラファエルがどう思ってくださっているのか、不安になる）

ヴィオレットはゆっくりとベッドまで歩み寄り、腰掛けた。

「あ、の……紫の、薔薇の花を……ありがとうございました」

彼に背中を向けたままでヴィオレットは花のお礼を述べる。けれど、ラファエルの返事は素っ気ないものだった。

「礼には及ばない」

「……でも、嬉しかったので、お礼ぐらいは言わせてください。本日は、アルモニーの教会へ行かれたそうですね」

「ああ」

短い返事のあと、何か言葉が続くのかとしばらく待ってみたが、残念ながら沈黙が広がるばかりだった。

「……君の話はそれだけか」

「……はい」

本当はもう少し話がしたかったけれど、話題がないから言葉が続かなかった。

彼の身体をいたわるのならば、余計な時間は使わず、すみやかに寝てもらうのが一番だとヴィオレットは思ってしまう。

（こういうことを、寂しいと思ってはいけないわ）

ゆっくりと振り返って彼を見ると、ラファエルは何か言いたげな表情をした。

「……あの……何か……？」

ヴィオレットが促すと彼は口を開く。

「君の母の墓があの教会にはあったのだな」

「え？　あ……はい。そうです」

「墓には、花が手向けられていた。子供たちが、そうしていると聞いた」

「まぁ、そうなんですね。ありがたいことですわ……私が母の墓に行くことは難しいでしょうから、どうなっているのかと気にしておりました」

「ヴァレリアン殿下がご存命のうちに、エルミーヌ様を王族が眠る墓に移してはいかがかな」

意外なことを彼が言い出して、ヴィオレットは驚かされた。

「そちらに移しておけば、君もエルミーヌ様のところへ行きやすくなるだろう？」

「で、も……あの……いいえ。それは母が望むところではないと思うので」

「ヴァレリアン殿下がご逝去後では叶えられなくなるぞ」

しっかりとした後ろ盾があるうちに、と彼は言いたいのだろうか？　だが、ヴィオレットはエルミーヌの墓を移動させることには賛同しかねた。彼女の墓を移動させるのは、埋葬したエルミーヌを掘り起こすということだ。

(安らかなる死者の眠りを妨げるような真似《まね》は……私にはできない)

「ヴィオレット?」

「……ラファエルのお申し出は、とても嬉しいのですが……私は、墓を掘り起こしたくないのです」

彼女の返事を聞いたラファエルの片方の眉《まゆ》がぴくりとつりあがった。その様子を見て、彼の目的が単にエルミーヌの墓を移動するというものではないのではと勘ぐってしまう。

「ラファエルがそうなさりたい目的は……もしかして……、指輪?」

ヴィオレットが告げると、ラファエルは紫の瞳を細め彼女を見下ろした。

「指輪……か。もし、そうだと言ったら、君は私を嫌いになるか?」

その質問は狡い、とヴィオレットは思った。

彼の野心は理解しきれるものではなかったが、貴族として育ったラファエルの環境を思えば、想像はできる……と、いうのも、彼の兄であるエドゥアールがさまざまなことを話してくれたからだ。

ラファエルが持って生まれた類稀《たぐいまれ》な美貌は、両親に過度な期待を持たせるもので、兄のエドゥアールが頭脳明晰であった分、拍車がかかった。朝から晩まで、それこそ眠る暇も与えないほどの教育をラファエルに施し、彼はその美貌に聡明さが加わったことで確固たる地位を手に入れた。ただ、知識や教養は身につけたけれども、人間らしい感情が圧倒的に欠如しているということを、エドゥアールが教えてくれた。

確固たる地位――の話をしているときのエドゥアールが、やや言葉を選んで話しているような感じがしたのが気になったが、ヴィオレットは深く追及はしなかった。

「……嫌いになったりはしません。ですが……私が指輪を持っていないことで、失望させてしまったのは……申し訳ないと思ってしまいます」

「失望などしていない」

ふいに彼の指先が、ヴィオレットの艶やかな髪を搦《から》め捕《と》った。

「君の美しさは他人を魅了し、どんな人間でさえも下僕にすることができる。それを素晴らしいと思っているのに、指輪ひとつで失望したりはしない」

「……下僕……？」

「私の世話役であるクレマン、宮廷菓子部門長官のノーラン、そして王室薬剤師のエドゥアール。皆、君の虜《とりこ》のようではないか」

「虜だなんて、それは間違いです。私の地位を重んじてくださっているだけで――」

「そうかな？　彼らは随分と君に心酔しているように思えるよ。君は私が執務をしているときは、兄やノーランのところに行っているそうだね？」

「え？　あ、はい……ですが、それは私が女王であるから相手をしてくださるだけで、心酔などというものではありません」

「へえ、そう」

ヴィオレットの髪を弄《もてあそ》んでいたラファエルの指が、彼女の胸元のリボンを解く。頼りなさげな薄い生地がはらりとはだける。

「——っ」

「籠絡《ろうらく》するのは結構だが、君に教えておこう。下僕に与えていいのは微笑みまでだ」

「で、ですから……私は……」

彼女の言葉に蓋をするようにラファエルが唇を重ねた。短い口づけのあと、彼は笑う。

「唇も、駄目だよ」

「口づけたり……していません」

ラファエル以外と口づけたいとは思わない。そういった気持ちをわかってもらえていないのが哀しかったが、自分が彼に伝えていないのだから仕方がない。

「そうか、君は優秀だな」

頬を撫でられただけなのに、ヴィオレットは背筋にぞくりとしたものを感じた。もちろん、恐れの類ではない。これから始まろうとしていることへの期待感なのだろう。毎夜繰り返される行為に、ヴィオレットの身体はすっかり馴染《なじ》んでいた。

薄い生地の寝間着で彼の前に出るのは恥ずかしく、肌を見せることにもまだまだ抵抗感があるのに、身体を重ねる行為には馴染んでしまっているのにも、なぜか羞恥を覚えた。

「……っ」

前を完全にはだけられて乳房が露わになると心許なさから、身体を隠す仕種《しぐさ》をしてしまう。

「着たままのほうがいいのか？」

くくっとラファエルが笑う。

着ていても着ていなくても、そうは変わらない程度の薄さの生地だったから彼はからかったのだろう。聞いておきながら、ラファエルはヴィオレットの寝間着を脱がせた。

「……君の肌が透けて見えている様子にも、興奮させられるけどね」

甘く濡れた声がヴィオレットの鼓膜をくすぐり、刺激される。

着ていて恥ずかしいものを見て、見る側の人間は興奮してしまうのか？　と不思議な気持ちになったが、ラファエルの唇や舌が胸のうえを這い始めれば、何かを考える余裕はなくなった。

「……っ、ン……ラファ……エル」

「……君も、早く興奮するといい」

ラファエルも着ているものを脱ぎ、ヴィオレットと肌を重ね合わせた。

彼女も興奮していないわけではない。寝室に入り、ラファエルの姿を認識したときから腹の奥のほうが熱くなるような興奮を覚えていたが、興奮よりも羞恥心のほうが上回っているだけだ。

「あ……ぁ、や」

花芯に指を這わされると、身体が快楽に震えた。けれどラファエルの指は容赦なく奥へと進んできて濡襞《ぬれひだ》を割ろうとしている。

「ま、待って……」

「待たない。早く君の中に挿れたいからね」

くちゅと小さな音と共にラファエルの指がヴィオレットの体内へと挿入されていく。襞と指が擦れればその感覚にヴィオレットは、堪えきれずに喘いだ。

「あ……、は……っ、あ……やだ」

「……もう、濡れているね……わかるか？」

ぬるぬるとラファエルの中指が出し入れされる。親指の腹では花芯を弄んでいて、内側と外側を同時に責められると、ヴィオレットはあっけなく情欲に溺《おぼ》れてしまう。

「あ……ぁ、ラファエル……っ」

感じてどうしようもない場所を弄られて、それが恥ずかしいのに、同じくらい彼にどうにかして欲しいという気持ちが膨らむ。

身体はこの行為に対して、すっかり従順な反応を示すようになってしまっていた。

内側に入り込んでいるラファエルの指を、濡襞が淫らな動きで締めつける。彼の指の硬さを感じれば快感の度合いが強くなり、もっと欲しいと思ってしまう。

「あぁ、凄い締めつけだな……ヴィオレット。男を虜にするのは、美しい容姿だけではないようだ」

「……意地悪を、おっしゃらないで……ください」

「意地悪？　そうかな」

指の動きを止めないまま、彼は乳房に舌を這わせる。

「あ……あぁ」

「ん……ほら、また……締めつけて」

「や……」

乳房の頂を彼は舌先で弾《はじ》く。内部の興奮と繋がっているように、先端部分は少しの刺激も敏感に感じ取って快楽を生んだ。

「あ……ぁ……ラファエル……っ」

「欲しがり方が足りないね」

ラファエルはそう言うと、ヴィオレットの体内から指を引き抜き、その代わりに熱を帯びた自身の欲望の塊を蕾に擦りつけた。

「ひ……っ、や……ぁ……あぁっ」

蜜が滴る場所を、猛々《たけだけ》しく勃《た》っている部分で何度も擦るけれど、彼は一向に身体を割って中に入ってこようとはしない。

そうこうしているうちにヴィオレットの体温がどんどんあがっていき、熱くて堪らなくなっていた。

「あ……ぁ……ラファエル……挿れて……ください」

〝夜の勤め〟を早く終わらせてもらいたかったからそう言ったのに、甘えるような声音が出てしまい言葉が淫猥さを孕《はら》んでしまって、ヴィオレットは頬を赤く染めた。

「欲しければ、自分で挿れてみてはいかがかな？」

「……え？」

――今、彼はなんと言っただろうか？　自分で挿れろと、言った？

興奮で濡れたアイスブルーの瞳を彼に向けると、ラファエルは意地悪そうに唇の端をあげる。

「容易いことだろう？　これだけ濡れているのだから、君が動けばすぐだ」

「で、でも、どうやって」

「手を使ってくれてもかまわないよ」

シーツを握りしめていた彼女の手を取り、ラファエルは男性器に触れさせた。

「……っ」

「……挿れたいのだろう？　それを体内に導いてみなさい」

「……あ……ぁ、ラファエル……こんなの……恥ずかしい……」

ヴィオレットが羞恥に頬を染めると、彼は面白そうに笑んだ。

「君は本当に、いい表情をするね」

ラファエルが手を重ね合わせた状態のまま、欲望の塊を蜜源へ宛がってきて、猛々しいそれはヴィオレットの泥濘《ぬかるみ》の中にずぶずぶと埋め込まれていく。

「あ……あぁっ！」

「……ふ……ヴィオレット……どうだ？　君のお望みのものの味は」

触れ合うことで生まれる甘い快感に、ヴィオレットの細い腰が小刻みに震えていた。

「ラファエル……っ……あ、ぁ……駄目……」

「何が、駄目？」

おかしくなってわけがわからなくなる。熱い部分がどんどん熱くなって、変になってしまいそうだった。

最近では本当に乱れ方が著しく、最後まで自分を保てていたためしがなかった。

「今はそんなふうに恥じらっていても、自ら腰を振り始めるというのに」

「……言わないで……ください」

ヴィオレットの瞳から羞恥の涙が落ちていくのを見て、ラファエルは愉快そうに笑う。

「恥じらう君もとてもいいが、私の腕の中で乱れる君も、とてもいいと思っているよ」

ずしりとした重みを身体の中心で感じた。彼の身体が深々と入り込み、最奥まで届いていた。

「あ……ぅ、ン……んんっ」

押し込まれた衝撃にヴィオレットは堪らず喘《あえ》ぐ。最奥で感じる感覚はただ擦られるだけよりも何十倍もいいと思えた。

「あ……あふ……ラファエル……」

「腰、揺らして」

舌を絡ませ彼の唾液《だえき》を嚥下《えんか》すると、ヴィオレットの羞恥心は徐々に影を潜《ひそ》める。

「ん……ふ……ぁ、あぁ……」

ラファエルに舌を吸いあげられ追い詰められる。彼の舌の動きに応えるように彼女はゆっくりと腰を揺らし始めた。

「あ……、あぁ……は、ぁ……あ、ン」

「……ヴィオレット……あぁ、いいよ……凄くいい」

今度はラファエルが腰を振る。縦横無尽のその動きにヴィオレットが翻弄されるのはあっという間だった。

「あ……っ！　あああっ……ラファエルっ……や、あああ」

「君の中、凄いよ……扱《しご》かれて……気持ちいい」

「……んんっ」

ぬちゅぬちゅとした淫猥な水音が響き渡る。

そんな耳を塞《ふさ》ぎたくなるような音でさえ、今の彼女には興奮を煽るものにしかならなかった。

「あぁ、ヴィオレット……君は私のものだ……」

「ひ……っ、あ……あぁ……ラファエルっ……」

彼の執着が自分自身に向けられているものではないとわかっていても、ラファエルの執着心を垣間見《かいまみ》れば焦げるような胸の痛みに襲われる。

彼がどういう性格をしていても、自分はどうしようもないほどラファエルに強く惹《ひ》かれてしまうのだ。

「あ……あぁ……ン」

「……可愛い……ヴィオレット……」

ぐいっと片足を大きく持ちあげられ、彼の肩に担がれる。深くなった挿入に、ヴィオレットは悲鳴のような声をあげてしまう。

「あ……ああああっ、深い……のっ」

「ああ……締まる……ヴィオレット……ン」

持ちあげられている足の甲に口づけられ、それが何度か続いたのちに、指先を口腔内に迎え入れられる。

生ぬるく柔らかい舌が足の指を這いまわる感触にヴィオレットはすっかり乱されてしまった。

「あ……あぁ……ン……それ、あ……ダメ」

「知っているか？　足の甲への口づけは〝隷属の口づけ〟と呼ばれていることを」

「し、しらな……」

びくんびくんとつま先が跳ねる。

みっともなく、恥ずかしいと思っても、彼女にはどうすることもできない。

「こんなに敏感なのでは困ってしまうな。何か儀式めいたものがあるとき、大元帥は女王の足の甲に口づけせねばならない。そのたび喘がれてしまってはね」

「だ、大元帥って……？」

「女王の王配が賜る称号だ。つまり、私がもらうことになる」

ぬる……と彼が足の甲に舌を這わす。

「あああぁ……やっ……舌、這わさないで……な、なか……熱くなっちゃ……う」

つま先の性感帯を刺激され、内部の快感も大きく膨らんだ。

「ああ……そうだな……凄く……熱い」

足を下ろされたと思うやいなや、身体を反転させられうつぶせになった状態から、彼が背後から貫いてくる。

「や……あああぁ……っ」

「さぁ、腰を振って、ヴィオレット。淫《みだ》らな君が見たい」

「……あぁ……わ、私……っ」

両手をベッドについて腰を浮かせた、まるで発情している動物のようにして彼の前で腰をくねらせる。

「ああ……、ヴィオレット、凄くいい……なんて、いやらしいんだ」

淫らなことがいいはずがない。尼僧院で禁欲的な生活を続ける中で、人間の欲の話を聞いた。

溺れやすくて、抜け出せない。だから、肉欲に溺れてはならないと教えられたのに、今の自分はどうだろう？

けれど、淫らなことを喜んでいるような彼の声に、彼女は心も身体も高まっていった。

「だ、だめ……っ、もう……」

「イクのか？」

「いきたい……です……も、我慢……できない」

「そうか、ならば、思う存分……」

背後からラファエルの指が伸びてきて、興奮で膨らみきった花芯を摘まれる。

「ひ……やぁあああ！」

ヴィオレットには到底コントロールできない快楽が、大きく弾ける。震える細い腰を眺めながら、ラファエルは満足そうに笑み、そして彼も彼女の中で果てた。

「……あ、あぁ……」

絶頂の余韻で濡襞がひくつき、まだ形を変えないラファエルの塊を物欲しげに締めつけていた。

「足りないのかな？　ヴィオレット」

快楽はどれだけあっても足りるというものではないように思えたが、貪欲《どんよく》な部分を押し隠すようにヴィオレットは左右に大きく首を振った。

「い、いいえ……もう……十分です」

「そうか。でも、もう少しだけこのままでもいいか？」

背後から抱きしめられ、ヴィオレットはゆっくりとベッドの上で横倒しにさせられた。

「ラファエル……？」

「もう少しだけ、繋げたままで」

「……あ、はい」

肌を触れ合わせたままでいたいという意味ではないのだろう。身体の中から子種が流れにくくするため、身体を繋げたままでいようと言っているのだと、ヴィオレットは思った。

「……」

沈黙が続く。

繋がっている部分は、彼の身体の形が変わらなかったから解けることなく結ばれたままだ。

身じろぎもせずにこうしていると、おかしな気持ちになってくる。

彼に擦られていない内側の粘膜が、いつまでもラファエルの一部を咥《くわ》えていることで、どうにかして欲しいと焦燥感が生まれてしまう。

(どうして……?)

今までこんなふうにいつまでも抱きしめ合ったりしなかったのに、今夜はなぜこんなふうに抱きしめ続けているのだろう。

「……あ、あの……ラファエル、そろそろ……お休みになられたほうが」

「私に抱きしめられているのは苦痛か?」

思いも寄らないことを彼が言い出し、ヴィオレットは驚かされる。

「い、いいえ……そういうことではありません……ただ、日々のご公務でお疲れだと思いますので」

「大丈夫だ」

「……そうですか……それなら、いいのですが……でも、その……落ち着かないので……抜いてはいただけないでしょうか」

「何を?」

ふいにラファエルが腰を揺らし始める。

「あ、や……っあ……」

まるで待ち焦がれていたかのように、濡襞が収縮しラファエルの塊をきつく締めつけた。襞が擦られ、甘美な愉悦に全身が震える。

「あ……あン……ラファエル……や、あ」

「……何度聞いても、可愛い声だな。君の喘ぎ声は」

「あぁ……っ」

最奥を突かれれば快感が生まれ、内側を埋め尽くすような彼の大きさに意識が朦朧としてしまう。

「駄目です……ラファエル……」

「何が?」

ぐぷりと粘着質な音を立たせてラファエルがヴィオレットの体内から塊を抜き出す。

抜くことを望んだのは自分で、続けることに拒否の姿勢を示したのも自分だったが、いざ身体が離れると戸惑ってしまう。

視線をあげて彼を見ると、ラファエルは微笑んだ。

「続けていいのなら、仰向《あおむ》けになれ」

ヴィオレットの胸が熱くなる。行為が続く喜びに似た感情、そしてラファエルの欲望に濡れる紫の瞳が、他の誰でもない自分を見つめているという事実に心が歓喜にわいた。

身体をゆっくりと動かし、仰向けになる。するとラファエルの手が彼女の膝を折り、足を左右に大きく開いた。

「あ……ぁ……ラファエル……」

蜜源に視線を落とされ、そこからあふれ出ているものをしげしげと眺められれば、羞恥で身体が熱くなる。

「だいぶあふれてしまっているな……やはり、一日に一度程度では、足りないのかもしれぬ」

再び彼が体内に戻ってきて、塊が擦れる感覚にヴィオレットは喘いだ。

「あ……ぁ……っ」

「もっと回数を増やそう……いいね？　ヴィオレット」

腰を動かしながらそんなことを言われても、嫌とは言えず、ヴィオレットは頷くだけだった。

「……ふ……いい子だ。私の——女王陛下」

ラファエルの腰がヴィオレットを突きあげる。彼に貫かれる感覚は堪らなくよかった。身体の深い部分で混ざり合う感触に、得もいわれぬ悦《よろこ》びが生まれる。

(彼は私のことを好きで抱いているわけじゃない……一刻も早く、子が欲しいだけ……それは、わかっているけれど……)

快楽に開かれた身体は、ぶるぶると震え、縋《すが》るように彼を求めていた。

「どうした？　震えて……そんなに気持ちいいか？」

「……は、い……」

「……どうされたい？」

「子種、が欲しい……です」

それが自分にとって唯一の務め——彼の子を産み、彼が望む未来への道をつくること。

自分が彼の道具にされているのがわかっていても、恨む気持ちにはなれない。

「……深いところに、たくさん……注いで欲しいです」

ラファエルの掌がヴィオレットの頬を撫でる。優しく触れられるのは好きだった。抱きしめられるのも、心が温かくなるから好きだと思えた。

それはおそらく相手が好意を抱いている男性だからだとも思えたけれど、ヴィオレットには誰かに優しく触れられた記憶がなかったから、触れられて心に満ちてくる幸福感に容易く溺れてしまう。

そっとラファエルの掌に自分の掌を重ね合わせると、やはり幸せだと思ってしまう。

「……」

目を開けて彼を見ると、ラファエルと目が合った。

「……ラファエル？」

「動くぞ……」

ヴィオレットの頬を撫でていた掌が腰を摑み、揺さぶってくる。

彼の身体が奥深い場所まで挿入されて、高い声が出てしまう。

「あああああっ……」

「……気持ちいい……ヴィオレットの中はまるで吸いついてくるようだ」

「ん、んん……っ、ラファ、エルっ」

「ずっと……こうしていたくなる」

ぴくん、ぴくんっとヴィオレットのつま先が跳ねて、内側が収縮した。

「……わざと、やっているのか？」

「ち、がいま……」

全身が震え、身体の中心部がひくついているのがヴィオレットにもわかった。そして自分は今、快楽の受け皿となってしまっていることにも気づかされる。注ぐのはラファエルで、惜しみなく注がれる快楽は、やがて、あふれ出そうとしていた。

「あ……あぁ……あああっ……」

快楽の最終地点まで行きたい。弾ける一瞬の強烈なまでの甘さが欲しくて、ヴィオレットは腰を揺らした。

「淫らで、可愛いよ……ヴィオレット……」

繰り返される口づけも、快楽を深める要因にしかならず、気がつけばヴィオレットのほうから彼の舌を求めていた。

「ん……ん、ふ……ぅ」

「君は、私のものだ……愛らしい唇も、濡れた舌先も、すべて……」

「……は、はい……私は……ラファエルのもの……」

心も身体も全部、とっくに彼に捧げている。差し出せるものはすべて差し出し、彼の傍にいたかった。ラファエルに利用価値のある人間だと思われたかった。

「あ……っ、あああっ……」

「……ふ、ヴィオレット……」

内側がいっそうきつく収縮し、ラファエルが呻く。余裕なさげに濡れた吐息を漏らされれば、ヴィオレットの身体は一気に高まった。

「ラファエル……っ、ラファエル……っン」

下腹部がきゅうっと締まった感じがして、そのあと中心部を大きな快感で貫かれた。甘い波にのみ込まれ、息を乱した。

「あああああ！」

「——出すぞ」

激しい律動のあと、ラファエルの身体がぶるっと震えた。

「あ……ン……っ、ふ」

「……っ」

深々と吐いたふたりの溜息が、溶けるように混ざり合っていた。

しっとりと汗ばんだ身体を抱きしめ合いながらも今度は繋がりを解いて、ラファエルはもう一度息を吐いた。

「……ん、ヴィオレット……」

ラファエルはヴィオレットに短い口づけをする。

「……ラファエル……」

疲労のせいか、ヴィオレットは瞼が重くなった。普段はもう少し余裕があるのに、今は意識を保っていられそうにない。

「蕩《とろ》けた顔をして……いいよ、眠って。疲れさせてしまって悪かった」

「……い、いいえ……お疲れなのは……ラファエルのほうだと思うので……謝ったりしないでください」

「おやすみ、ヴィオレット」

ヴィオレットの瞼に、ラファエルが口づける。寝つかせようとする彼の優しい仕種に、ヴィオレットの心が揺らされた。

なんとなくだが、今なら言えそうだと彼女は思った。

「あ、の……お願いが、あるのですが」

「なんだろう?」

「明日……私が、作ったお菓子を、食べていただきたいのです」

「あぁ、ノーランに教えてもらって作っているというものか?」

「……はい、確かにノーラン長官に教えていただきましたが、ご期待に添えるものかはわからないのですけれど……」

自信のなさを滲ませながら彼に話をすると、ラファエルは微笑んだ。

「いいよ、わかった。食べさせてもらおうか」

「ありがとうございます。それでは、明日の〝お菓子の時間〟に、お持ちしますね」

穏やかに微笑んでいるラファエルの表情を見て、ヴィオレットは優しい気持ちで眠りにつくことができた。

第三章

翌朝、ラファエルと共にベッドから出て、ヴィオレットはラヴァンドの間へ、ラファエルはオルキデの間へとそれぞれ戻っていく。そして早々に湯浴みをしてヴィオレットは白いドレスに着替えさせられる。

金色の花の刺繍が豪華なドレスは、毎朝の祈りのための衣装だった。

王としての公務は、ラファエルが代行してくれている。けれど、たったひとつだけヴィオレットにしかできないことがあり、それが毎朝の祈りだった。

王室礼拝堂にて、アンブルシエール王国の安定と平和のために神に祈りを捧げる。これは女王という地位にいるヴィオレットがやらなければならなかった。

清らかな朝の空気に包まれて、ヴィオレットは王室礼拝堂の中に足を踏み入れる。大きな薔薇窓からは、たっぷりとした光が差し込み、その光がヴィオレットの頭上にあるティアラをキラキラと輝かせた。

深紅の絨毯《じゅうたん》のうえを歩き、司祭が待つ祭壇の前でヴィオレットは立ち止まった。

「女王よ、神に祈りを」

司祭の言葉を受けてから、ヴィオレットは跪《ひざまず》き祈った。

光を浴びた彼女の姿は神々しく、見守る聖職者たちの目を奪うほどだった。

彼女が着ている白いドレスが光を反射させ、まるで彼女自身が輝いているように見える。

やがて女王の祈りが終わると、このあとの朝の礼拝に出席するために扉の外で控えていた王族の人々や、宮殿内に部屋を賜っている貴族が入室してくる。

ヴィオレットも礼拝に出席するため、世話役のレイナルドの誘導で王室階上席へと向かう。

現在この席は、女王であるヴィオレットと、彼女の王配のラファエルのみが座ることを許されている。

すでに着席しているラファエルの隣にヴィオレットが着席すると、レイナルドは下がっていった。

「だいぶ、お疲れなのでは？」

朝の礼拝が始まる前であっても、これまではラファエルが彼女に話しかけてくることがなかったため、ヴィオレットは驚かされつつも嬉しく思った。

「いいえ、大丈夫です」

「そう、君は華奢な割に体力があるのだね」

「……体力……は、どうでしょうか……」

ふいにラファエルに手を取られ、甲に口づけられる。

「……ラファエル？」

「私の女王陛下、愛しい人」

「……っ」

彼の目的がどうであれ、愛しいと言われてしまえば胸が甘く疼いてしまう。火がついたように全身が熱くなり、耳朶にも熱を感じた。

「どうした？　耳まで赤くして」

「あ、あなたが……愛しいだなんて言うからです」

「……それで、どうして君が赤くなるのだろう。言われるのは恥ずかしいか？」

揶揄するようなラファエルの低い声。けれど、どこか甘い色がついているように思えてヴィオレットの胸の鼓動が速くなっていく。

「恥ずかしいとか……そういうものではありません」

「言われるのが嫌ならば、もう言わないでおくが」

「……嫌じゃありません」

「そうか」

彼の視線が正面を向く。厳かに朝の礼拝が始まった。

（……ラファエルが隣にいると……）

〝女王〟という仮面がうまく被れない。それはいつでもそうではあるが、彼といるとよりいっそう自分はただの小娘になってしまう。彼が求めているのが女王の地位にいる自分だと、考えれば考えるほど、ラファエルが望む自分になりきれないような気がした。

もともと女王という立場から遠い場所にいたのだから仕方がない。けれどラファエルに失望されたくない。嫌われたくない。

（……たとえ、私を疎ましくお思いでも、ラファエルは傍にいてくれるだろうけれど）

それでも、少しでも彼に好かれる方法はないかと模索していたところに、ラファエルの世話役であるクレマンから、無類のスイーツ好きであるということを聞いて、宮廷菓子部門長官のノーランを紹介してもらったのだが。

昨夜《ゆうべ》のラファエルの様子だと、それをあまり快く思っていないように感じられた。

（下僕だなんて……そんなものではないのに……）

かといって〝友人〟などと呼べるほど気易い関係ではなかったが、ヴィオレットはラファエルの兄、エドゥアールのこともノーランのことも、レイナルドのことも、好きだった。

ラファエルに向けるような〝好き〟というものではなかったが、彼らと話をしていると時間を忘れるほど楽しかった。

（……そうだわ。私にできるのが祈ることだけなら、もっともっと祈らなければ。神が私の祈りに耳を傾けてくださるように……）

アンブルシエール王国がいつまでも平和でいられるように。皆が笑顔でお菓子を食べられるそんな豊かな国であって欲しい。

(まだまだ、お砂糖は高価なものだけれど……)

ふと、ヴィオレットは昨晩のラファエルの言葉を思い出した。

『ヴァレリアン殿下がご逝去後では叶えられなくなるぞ』

ヴァレリアンの体調がよくないのは依然として変わらない。

変わらないどころか、ラファエルが彼が亡くなったあとのことを考えてしまうくらい、状況はよくないのだろう。今もヴァレリアンはベッドからは起きあがれず、礼拝に出席していなかった。

だから、何か叶えたいことがあるのなら、今のうちでなければ叶わなくなる——。ヴィオレットが叶えたいことは、ラファエルが言うような母の墓を王族の墓地に埋葬し直すことではなかったけれど。

(死者の眠りは、転生する準備のため、安らかでなければいけない……だから、移してはいけないように私には思えるのだけど……でも、お母様はお父様の近くで眠りたいと考えたりするのかしら)

ヴィオレットにはわからなかった。何せ、彼女が物心ついたころには母エルミーヌは他界していて、エルミーヌがどういった考え方をする人なのかも知らないのだから。

そしてやはり、エルミーヌ自身が果たしてヴァレリアンを愛していたのかがわからなかったから、答えは出なかった。

「……やはり、お疲れか？」

「え？」

はっと気がつくと、間近にラファエルの美しい双眸《そうぼう》があって思わず悲鳴をあげそうになった。そのヴィオレットの口を、ラファエルが押さえる。

「……そんなに驚かなくてもいいだろう」

「だ、だって、近い……です……、それに礼拝の最中……」

「とっくに終わっている。君が何か物思いに耽っている様子だったから、しばらく黙っていたのだが」

「え？　あ……すみません」

階下を見下ろせば、貴族たちが王室礼拝堂から出ていく様子が見えた。

「……何を、考えていた？」

紫の瞳がじっとヴィオレットを見つめてくる。

「色々……です」

「色々とは？」

「……私は、この国の、さまざまな人たちのために何ができるのだろう……って、考えておりました」

「……そうか」

「はい」

笑われるか、揶揄されるかどちらかだろうとヴィオレットは考えていたが、ラファエルの態度はそのどちらでもなく、真摯《しんし》な瞳で彼女を見つめていた。

「たとえば……そうだな……君がそうまで気にかけるとしたら、アルモニーの教会にある孤児院の子供たちのことだろうか」

「え？」

ずばり当てられて、ヴィオレットは驚きの声をあげた。

どうして彼はそう思ったのだろう？　聞きたかったがそれぞれの世話役が迎えに来てしまい、聞けなかった。

「ラファエル殿下、お急ぎください。謁見の時間が迫っております」

急かすように告げるクレマンに対して、ラファエルはのんびりとした様子で返事をする。

「……わかっているよ。では、ヴィオレット……またのちほど」

「はい……」

名残《なごり》惜しい気持ちで席を立つと、レイナルドが声をかけてくる。

「陛下、ヴァレリアン殿下がお呼びでございます」

「はい、わかりました」

視線を感じて見上げると、まだそこにいるラファエルが何か言いたげにヴィオレットを見ていた。

なんだろう？　自分があれこれ父に願い事をするかもしれないと案じているのだろうか。とヴィオレットは思った。

「……お父様に何かお願いをするときには、必ずラファエルに相談します」

「……いや、そういうことでは……あぁ、でもまぁ、そうだな……頼む」

「ラファエル殿下」

クレマンに急かされて、ラファエルは出ていった。

ラファエルは何を言いたかったのだろう。結局わからずじまいだった。

（あとで、聞かせてもらえるかしら……？）

その〝あとで〟がいつやってくるかも、ヴィオレットにはわからなかったが――。

❁❁❁

（……私はいったい何に苛《いら》ついているんだ）

このところの自分は少しおかしい。と、ラファエルは思い始めていた。

女王の公務を代行している忙しさは理由にならない。何度も言うが、これまでも病気がちなヴァレリアンの公務を彼が補佐していたからだ。

睡眠時間の短さも、幼少時から四時間寝られればいいほうだったから気にはならない。多忙で疲れているから、苛ついてしまう……といった類のものではないと、ラファエルは思っていた。

——だったらなんだろう？

クレマンからあれこれと聞かされてから、胸がもやもやしている。

ヴィオレットのためによかれと思ってエルミーヌの墓の移動を提案したのに、彼女は喜ばなかった。それどころか、ヴァレリアンから贈られたという〝指輪〟欲しさに提案したと思われて心外だった。

（ヴィオレットに言われて初めて、王族の指輪がエルミーヌと共に埋葬されている可能性に気づかされた……）

確かに指輪がないことでの不安要素はあった。ラファエルは彼女が偽物だとは思っていないが、玉座を狙っているのはモンクティエ家だけではなかったから、どんなことをねつ造してくるかわからなかった。

宮廷内での勢力争いにおいて、ヴィオレットの世話役に任命されたレイナルドの一族、ローニヨン家とモンクティエ家は、由緒正しいという意味でローニヨン家のほうが優位だった。ただ、ヴァレリアンが存命している今だけの話でいえば、彼が何かと口添えをしてくれるから、モンクティエ家のほうが優位ではある。何せ、周囲の反対意見を押し切って、新女王の王配をラファエルにしたのだから。

（……それは、なぜなのだろう）

最初は、長年の実績が認められたのだとすんなりと受け入れることができた。けれど、時間を追うごとに考えさせられてしまう。何せ自分は、ヴァレリアンの歳の離れた妹、ベアトリス王女を、王族と密なる関係を築きあげるための〝道具〟として利用し続けていたのだから。

幼い王女がラファエルを気に入って、彼女の世話役に任命したのは、彼が十六歳のとき。そしてその二年後には、ヴァレリアンの傍付きに任命されるという大出世を成し遂げた。

そのときの王女は十六歳。他の王女たちはその歳になれば早々に縁談を組まれて他国へ嫁いでいったのに、末の王女のベアトリスにはそうしなかった。

たまたま王女を嫁がせるのにいい相手がいなかったせいもあるが、多大なるメリットがない限り、ベアトリスが頷かなかったというのもあるだろう。ヴァレリアンは末の王女には甘いと、宮廷内で噂されるほどだった。

――とはいえ、ベアトリスも二十歳となり、彼女の結婚を真剣に考えなければならなかったヴァレリアンは、なぜかベアトリスの結婚相手としてもはや最有力候補となっていたラファエルを〝隠し子〟であるヴィオレットと結婚させるという決断をしたのだ。

（ご存じだったはずなのに）

ラファエルがベアトリスに手を出さず、清らかな関係であったということを、ベアトリスから聞いていたはずだ。

彼女が男女の話を問わず、なんでもヴァレリアンに話したから、異例の出世には繋がったのだが、男がいつまでも〝恋人〟とされる王女に手を出さなかった件に対して、ヴァレリアンは何も思わなかったのだろうか？

（……いや、思ったからこそ、ヴィオレットがエテルネル宮殿にやってきたその日のうちに、しきたりと称してベッドを共にさせたのだろう）

子孫を残させるため。由緒正しき国王の血を絶やさせないため――。

自分が言うのもなんだが、何年も放置していたヴィオレットを突然宮殿に呼び寄せて、見知らぬ男と結婚させたうえ、その夜に……というのは、あまりな扱いだと思った。

妹は可愛いが、娘に愛情はないのだろうか？　と感じてしまう。

『親の顔を知らぬ子供たちに、ご自分を重ねていらっしゃったのかもしれません。養父母のリュシアン様を気遣ってか、寂しいといったお話は聞きませんでしたけれども』

アルモニーの教会で聞いた話が脳裏によみがえる。

（寂しくないはずがない……そうでもなければ、母親の墓をたびたび訪れるなんてことはしないだろう）

苛々する。何に対して苛々するのかわからないが、ヴィオレットのことを考えれば考えるほど、感情が動かされて冷静ではいられなくなる。

だったら考えなければいい。と思ってみても、気がつけば彼女のことを考えてしまう。

（……愛しい……私の、女王陛下……）

あの言葉に偽りはなかった。王冠を被るヴィオレットには、特別な気持ちを抱いていた。

けれど、王冠を被っていないヴィオレットに対してはどうだろう？

艶めいたプラチナブロンドの巻き髪を指で梳《す》けば心地よく、神秘的なアイスブルーの瞳に見つめられれば、心を奪われそうになる。ミルク色の滑らかな肌はいつまでも触っていたいと思うほど蠱惑的《こわくてき》なのに、彼女の表情はどこかあどけなく、ヴィオレット自身は弱々しさを見せてはこないのに、なぜか庇護欲《ひごよく》に駆られる。

（……駄目だ）

自分は、王冠を被っていないヴィオレットには興味がない。女王として君臨する彼女を使って、モンクティエ家を繁栄に導くのだ。それが、自分の宿命なのだから、そう思わなければならない――。

「ひとつ、ご提案があるのですが、殿下」

黙々と書類に目を通していたクレマンが、突然声をかけてくる。

「なんだろう？」

「女王陛下の宮廷での露出の機会を作ってはいかがでしょう」

「陛下は公務をせずに、健やかにお過ごしいただくというのが、ヴァレリアン殿下のご意思だったはずだが」

「それはそうですが、陛下はもっと表に立ったほうがいいように思うんですけどね。お美しいですし……」

「……お披露目という意味なら、来週執り行われる戴冠式や結婚のパレードで十分なのでは？　彼女の露出を増やして何かあったらどうする」

ヴィオレットの露出を増やすなどとんでもない。今でさえ、宮殿内をうろついてどこで何をしているのかわからないというのに。そういえば、ヴァレリアン殿下の用事は済んだのだろうか？　済んだのならその後はいったい彼女は何をしているのだろうか？　また兄のエドゥアールのところに行っているのだろうか？　もしくは別のところ？　いずれでもなく、自室にいたとしても、世話役のレイナルドと談笑したりしているかもしれない。

などと考えてしまえば、再び苛々とした感情がわいてきてしまった。

「万が一のことをお考えになってしまうのもわかるのですが……女王陛下には確固たる後ろ盾がヴァレリアン殿下しかない現状を思えば、もっと露出を増やして、陛下の魅力を多くの者に知ってもらう必要があるのではないかと」

そういうおまえはどれだけ彼女の魅力を知っているというのだ――という言葉を、ラファエルは寸前でのみ込んだ。

（……私よりも、クレマンや兄……もしかしたらレイナルドたちのほうが、彼女のことを知っているのかもしれない……）

モンクティエ家と対立関係にあるローニヨン家の人間が、女王であるヴィオレットの世話役であるというだけでも、ラファエルの気持ちを揺さぶるには十分だった。

――日中、世話役のレイナルドが彼女に何を吹き込むかわかったものではない、とラファエルは思った。たとえばそれが嘘の内容であっても、ヴィオレットがこちらに聞いてくれなければ否定ができない。

（それどころか、共にする時間が長いレイナルドに、ヴィオレットは心を奪われるかもしれない……いや、あるいは……もう……？　だから、クレマンがヴィオレットに対してもっと優しくしろと言ってきたのか？　まさか）

彼女に対して、それなりの敬意は払っている。だが、ラザルス家でヴィオレットと対面したときに、自分は彼女のことを〝カード〟だと宣言してしまっている。

今までだってベアトリスに対して思っていたけれど、それを口に出したことなどなかったのに、神秘的なアイスブルーの瞳が美しい少女を思ったまま褒めたら『……あなたにも、美しいと言っていただけることは、大変光栄に思います』と返事をされて面白くない気持ちにさせられてしまったのだ。

ああ、そうだろうとも。彼女ほど美しければ、どんな男だって〝美しい〟と賞讃するだろう。柔らかそうな白い肌に触れたがるだろう。薔薇のような赤い唇に触れたいと、膝を折って願うだろう。だが、自分は膝を折る側になるわけにはいかない。

欲しいのは彼女ではない。

モンクティエ家の繁栄と栄光のため、彼女が持つ王冠の宿命を〝使う〟立場でい続けなければならない。

――そのための〝自分〟という存在なのだから。

(私は何も、間違えてはいない。そうだ、間違えてなど……)

「……ラファエル殿下? 顔色が悪いようですが……」

「大丈夫だ」

「少しお休みになられてはいかがです? 重要度の高い順に書類の仕分けはしておきますので、後ほど目を通していただければ」

「……問題ないと言っている」

ラファエルの返事に、クレマンは肩をすくめた。

「いったい誰なら、信用できるんですかね。殿下は」

(誰が相手でも、信用などできるものか)

失敗は許されない。さまざまなものを犠牲にし、踏み台にしながらようやく手に入れた地位。失うわけにはいかない。

コンコン。執務室の扉が叩《たた》かれる音がした。

「あぁ、そういえばもう〝お菓子の時間〟でしたね」

クレマンは軽い足取りで扉へと向かい、給仕しに来た侍女を迎え入れた。

「あ、本日は陛下もご一緒に来られたのですか」

クレマンの明るい声が聞こえ、ラファエルが顔をあげると紫色のドレスで美しく着飾ったヴィオレットがいた。

プラチナブロンドの巻き髪を結いあげた髪には、大きな薔薇の花の髪飾りが飾られていた。

彼女はどんな色のドレスを着ていても、可愛らしかったが、紫のドレスを着ているときはその美しさに磨きがかかる。

「ごめんなさい、少し早かったかしら」

控えめな声でヴィオレットが告げると、クレマンが返事をする。

「いいえ、ちょうどいい時間ですよ、陛下」

「そう？　よかった」

仲良さそうに会話をしているふたりの様子が、ラファエルは面白くないと感じてしまう。かといって割り込むことなどできず、視線を書類へと移して黙々と仕事を続けた。

「……今日は、あの……レモンタルトを作ってみました」

「うわぁ、そうなんですか？　陛下の作られるタルトは絶品なんですよね」

「ありがとう、そう言っていただけると嬉しいわ」

「早速切り分けて食べましょう。殿下も休憩にしてください」

クレマンの問いかけに、ラファエルは顔をあげないまま返事をする。

「すまないが、まだ手が空かない。お菓子はあとでいただくよ」

「殿下、急ぎのものはないはずですよ」

「手が空かない、と私は言ったのだが？　クレマンは休んでくれてかまわない。陛下はお部屋にお戻りくださいますよう」

「……わかり……ました。お邪魔してしまい、申し訳ありませんでした」

ヴィオレットの声が震えているのに気がついて、ラファエルが顔をあげたときには、彼女はもう背中を向けて出ていってしまった。

途端に苦い感情が滲み出る。

「……私は、ラファエル殿下はもっと女性を喜ばせることに長《た》けていらっしゃる方なのかと……大変な思い違いをしておりました。どうやら、哀しませるのがお好きなご様子」

「嫌みを聞く耳は持っていない」

クレマンは大仰に溜息をついた。そして、ヴィオレットが作ったレモンタルトに視線を落とし、再びラファエルを見る。

「陛下と共にお喋《しゃべ》りを楽しみながらいただくお菓子は格別なものなのに、なんだかもったいないです」

「誰とどんなふうに食べようが、味は変わらぬだろう」

「……失礼ながら、殿下は……寂しい方ですね」

「どう思ってくれてもかまわない」

実際、そうなのだから仕方がない。

ひとりで食べても、大勢で食べても、味が変わるはずがない。むしろひとりで食べたほうがゆっくり食べられるから、そのほうがいい、とラファエルは思っていた。

「では、私はお言葉に甘えて、隣の間でお菓子の時間にさせていただきます。何かあれば、お呼びください」

「ああ」

クレマンは切り分けられたレモンタルトを侍女に運ばせ、隣の間へと消えていった。

テーブルのうえには取り残されたレモンタルトとコーヒーがある。

ラファエルは羽ペンを置き、タルトが置いてあるテーブルに移動した。

宮廷菓子職人長官のノーランに教えてもらったというだけあって、いつも出てくるお菓子と遜色《そんしょく》ない出来ばえだ。

銀色のフォークでタルトを口に運べば、爽《さわ》やかな酸味と甘さが広がる。なるほど、クレマンが絶讃するだけはある。

（確かに美味しい。だけど、これをヴィオレットと食べたところで味は変わらないだろう）

スイーツ好きな彼は、ヴィオレットのレモンタルトをたいらげ、満足してコーヒーを飲んだ。

ふと、顔をあげ正面にヴィオレットがいるイメージを思い描く。

『明日……私が、作ったお菓子を、食べていただきたいのです』

そう言ったときの頼りなさげな彼女の表情が浮かんだ。

拒まれるのを、恐れるような表情――。けれど、了承した途端、安堵し、はにかんだ笑顔が愛らしかった。

（……）

今、彼女がここにいて、自分が〝美味しい〟と告げたら、ヴィオレットはどんな表情をしただろうか。と、ラファエルは考えた。

表情を変えないだろうか。それとも微笑んだだろうか。自分が彼女を追い返してしまったために、彼女の表情を知ることができなかった。

おそらく、それは永遠に知ることができない。ヴィオレットは自分のために、もう二度とお菓子を作ってくれないだろうと思えたからだ。

コーヒーカップをソーサーに戻し、ラファエルは溜息をついた。

（……私には無理だ。他人の心の繊細な部分を感じ取るなんて）

諦《あきら》めに似た感情が、彼の心にぽっかりと空洞を作っていた。そして顔をあげて再び正面を見ても変わらぬ景色に、ラファエルはただ溜息をつくことしかできなかった。

❋❋❋

「ここの薔薇はとても見事ね」

そのころヴィオレットは、宮廷菓子部門が置かれている棟の近くにある庭園に来ていた。ここで咲いている花は飲食に使われる。薔薇は薔薇水、菫はシャーベットや砂糖漬けにされて菓子の材料になっている。また、小薔薇は見た目の華やかさから、飾りつけに多用された。

ラファエルに部屋に帰れと言われたものの、ラヴァンドの間に帰ってもやれることは刺繍か読書程度だ。

刺繍にしろ、読書にしろ、ヴィオレットは嫌いではなかったが、世話役のレイナルドに終始監視されている状況が続くのは、あまり好ましくないため、彼女はノーランやエドゥアールを訪ねて、あまり部屋にはいないようにしていた。

レイナルドが悪い人だとは思わなかったけれど、彼がラファエルの一族と宮廷内で勢力争いをしているローニヨン家の人間というだけでも、ヴィオレットとすれば警戒心を働かせるのに十分な理由になる。

「ヴァレリアン殿下は菫のシャーベットがお好みのようで、よくご所望されます」

庭園を案内してくれているノーランが、そんな説明をした。

「そうなのね。私も好きよ。菫の花も、シャーベットも」

菫のシャーベットはヴィオレットの母、エルミーヌが大好きだったという話をリュシアンから聞いていた。それと関係しているのだろうか？

エルミーヌが好きだったから菫のシャーベットを好むようになったのか、それともその逆なのか。色々とヴァレリアンに聞いてみたかったが、なかなかそういった話をするタイミングがなかった。

今朝《けさ》も、朝の礼拝後にヴァレリアンに呼ばれて彼の部屋に向かったが、やはり体調が思わしくないのかベッドで寝ている状態での対面だった。そんな彼にあれこれ聞けなかった。

ましてや、彼からの謝罪のあとでは――。

人払いをした状況で、ヴァレリアンはまず、長年逢わずにいたのにもかかわらず、女王という地位を継承させてしまったことを謝罪した。

『できれば、今までのまま、ラザルス家で静かに暮らしてもらいたかった。けれど、どんなに隠しているつもりでいても、どこかでおまえの存在が明らかにされてしまう日は来てしまうだろう。そのときにどうなってしまうのか、予想ができない。だったら、私が生きている間に女王として存在を明らかにするほうがよいと思えた。おまえにとっては慣れない場所に突然連れてこられ、予想もしていなかったであろう事態に巻き込まれてしまって、ただ辛いだけだろうが……許して欲しい』

辛いかどうかと言われれば、正直、今の自分が何を感じているのか麻痺している状態でわからなかった。

宮廷での暮らしは、ほぼ自由にさせてもらっているからそれについての問題はなく、皆、とてもよくしてくれていた。

彼女自身、平民として育てられたとはいえ、裕福なラザルス家において、貴族と同等の知識や教養は身につけていた。生活面でも上級貴族とそう変わらない生活水準であったがためにマナーがわからずに困るという場面もあまりなかった。

もしかしたら、こうなってしまうことを予想していたリュシアンが、彼女が将来困らぬようにしてくれていたのかもしれない——。

——それから、ラファエルとの結婚に関しても、ヴァレリアンは謝罪してきた。

『野心が強く、それ故《ゆえ》に少し人間らしい感情が失われている部分はあるけれど、自分が王になりたいという野心ではなく、彼の家のため、モンクティエ家の繁栄を強く望む人物だ。王族との強い繋がりに固執している男だったから、おまえと結婚させた。彼なら、何があってもおまえを守ってくれると思ったからだ。正しい意味でのおまえの味方になってくれるかといえば、それは疑わしいけれど……裏切らないと信じることができる』

ヴァレリアンの話の内容は、ラファエル本人からも聞いた話で、エテルネル宮殿に連れてこられる前夜に、彼がラザルス家を訪ねてきたときのことをヴァレリアンに伝えると、『ラファエルらしいな』と言って笑った。

話すべきかどうか悩んだが、ヴィオレットはラファエルについて、正直に打ち明けることにした。

ラファエルとは話をしたことはなかったが、アルモニーの教会で何度か見かけているうちに彼に恋をしていたということ、思い描いていた〝公爵様〟とはだいぶ違ってはいたものの、彼と結婚できたことはとても嬉しく思っていること。けれどそれと同時に胸に抱いている苦い感情は告げなかった。

するとヴァレリアンは複雑そうな表情をした。

『……だとすれば、もしかしたらおまえにとっては心が痛む話を聞かされるかもしれないが……』

その話の内容を、ヴィオレットには聞く勇気がなく、ヴァレリアンも話さなかった。

哀しい気持ちになるのだろうと予想できた。哀しみは駄目だ。その感情は心を凍らせて、身動きを取れなくする。

来週はいよいよ戴冠式だ。〝女王の仮面〟をつけることを要求される日で、それが終われば結婚の祭典が盛大に行われる――そこで哀しみにくれた表情をするわけにはいかない。

（女王であることが、彼に形だけでも愛される理由になるのなら、私は……）

重い王冠を、一生被り続けよう。そう、ヴィオレットは決心していた。

「ウエディングケーキは腕によりをかけて作らせていただきますね」

ノーランの声に、ヴィオレットは現実に引き戻された。

「ありがとう、楽しみにしているわ」

「シュガーペーストで作った薔薇の花をたくさん飾りつけようと考えているのですが……菫のほうがよろしいでしょうか？」

ノーランからの提案に、ヴィオレットは表情を輝かせた。

「素敵ね、菫のウエディングケーキ」

「では、そのようにさせていただきますね」

ノーランの笑顔につられるようにして、ヴィオレットは微笑んだ。

奇しくも、微笑み見つめ合う格好になったところで、背後から声がした。

「随分と、お楽しみのご様子だな」

振り返ると、そこにはラファエルが立っていた。

真っ直ぐにこちらを見つめてくる紫の瞳には表情がなく、ヴィオレットが思わず声を詰まらせてしまうほどだった。

「……ラ、ファエル……一段落ついたのですか？」

ヴィオレットの問いかけには返事をせずに、ラファエルは黙ってノーランを見ている。

「……ウエディングケーキの打ち合わせをしていただけでございます」

「そうか。その〝打ち合わせ〟とやらは済んだのか」

「はい……では、私はこれで失礼させていただきます」

「ああ」

素っ気なくラファエルが横を向いたところで、ノーランは宮廷菓子部門がある棟に戻っていった。

残されたヴィオレットは、ラファエルを前にして何を話せばいいのかわからなかった。

忙しいと追い返されたのはつい先ほどのこと。それなのに、彼はどうして追ってきたのだろうか？

ヴィオレットは、はっとさせられた。

もしかしたら、レモンタルトが彼の口に合わなかったのだろうか？　だから、文句を言わずにはいられなくて追ってきた？　いや、そもそも、手が空けられないと彼は言っていたのだから食べてはいないだろう。

「……あの、何か……ご用ですか？」

そういうふうに聞くしかなかったから、そう聞いたのに、ラファエルは静かに彼女を見下ろしてきた。

「用事がないならいなくなれと、言いたげだな。ヴィオレット」

「そんな、いなくなれだなんて思ったりしていません。ただ、お忙しそうだったから……」

「……私は部屋に戻るように言ったはずだ」

「……申し訳ありません……」

「それに……」

辺りを見回してから、ラファエルは言う。

「侍女は連れているようだが、世話役のレイナルドはどうした」

「あ、あの……とくについてきていただく理由もなかったので、ラヴァンドの間に……今は、お菓子の時間でもあるので」

世話役を連れていないことに何か思うところがありそうなラファエルではあるが、彼もクレマンを連れていない。

ラファエルは深々と溜息をついた。

「……君だって、お菓子の時間ではないのか」

「それは……」

お菓子の時間はラファエルと共に過ごすつもりだったから、ヴィオレット用のお菓子はいらないとあらかじめ断っていたのだ。

もちろん、彼女の立場なら、持ってこいと命じることもできたがそういう気分でもなかった。

薔薇が咲き誇る庭園を前にして、ふたりとも黙ってしまう。

長い沈黙のあとに、口を開いたのはラファエルだった。

「お楽しみの時間を邪魔してすまなかったな」

ぽつりと呟く彼を見上げて、ヴィオレットは大きく首を左右に振る。

「私は、あなたといる時間を、大事にしたいと思っております」

「え？」

「……まだまだ、私はいたらない点のほうが多く、あなたが思い描く女王とはかけ離れているでしょう……傍にいればいるほど、幻滅されてしまうのではないかと恐れを抱きながらも、それでも、私は」

泣きそうになってしまって、言葉に詰まった。泣いては駄目だ。深呼吸をしてからヴィオレットは毅然《きぜん》とした態度でラファエルと対峙《たいじ》する。

「あなたのためだけに王冠を被り続けたいのです」

「……私の、ためだけ……？」

「そうです。あなたにはそれが必要なのですよね？　王冠を被る私が。だから、協力をお願いいたします。私がいつまでも王冠を被っていられるように」

「それは……もちろんだ」

「……ありがとう、ございます」

ラファエルは苦々しく微笑む。

「君は、交渉がうまいな……さすがとしか言いようがない」

「そうでしょうか？　でも、最初にあなたがおっしゃったことです。それを私が宣言したまでです。私はカードだから、守ってくださると」

「……そうだったな……思えば、私は浅はかだった。誰よりも君を自分のカードとして利用したいと思っているのに、自分から唯一無二のカードだと言ってしまえば、私の弱点は君だと暴露したも同然だ」

「私がラファエルの弱点？」

「そうだな、弱点だ。朝も昼も夜も……ほぼ一日中君のことを考えさせられている。考えたくないと思っても、考えてしまう」

恐らく——彼は何気なく言っているのだろう。ラファエルの淡々とした口調や態度でそう思わされたが、聞かされているヴィオレットは、愛の告白と勘違いしてしまいそうになる。

自分の気持ちと同じではないけれど、心の中がくすぐったくなり温かくなった。

「私の弱点も、ラファエルなので、同じですね」

「君の弱点が、私？」

「え、ええ」

「そんなばかかな。ありえない」

到底信じられないといった様子で、彼は笑った。そんなラファエルの様子をどう捉《とら》えればいいのかわからず、ヴィオレットは困ってしまう。

迷惑だとか、そういった理由であるなら哀しくなってしまうが、ラファエルの表情からは〝迷惑〟だと思ってはいなさそうだった。

「私にとっての君は、多大なるメリットを与えてくれる人物でけして失えない存在ではあるが、君にとっての私はそうではない。君には野心などないだろう？　虚栄心もあるように思えない」

（けして失えない存在？）

そんなことをさらりと言わないで欲しかった。嬉しくてどうしようもなくなってしまう。

ヴィオレットの、真珠のイヤリングが揺れる耳朶がみるみる熱くなっていく。

「……なぜ、そんなに赤くなっているんだ？」

不思議そうに聞いてくる彼に、ヴィオレットは益々顔が熱くなった。

「あ、あなたが、そうさせているんです」

「……」

ヴィオレットはラファエルに腕を掴まれて、庭園の近くにある【ロチェスの間】に連れていかれる。

爽やかな緑色の壁布が美しい室内には、誰もいない。

突然の彼の行動に、ヴィオレットは不安になった。

「ラファエル？」

話しかけている彼女の声が聞こえているのかどうかわからない様子で、ラファエルは腕を摑んだまま奥まで進み、天蓋付きのベッドにヴィオレットを押し倒した。

「……君が、いけない」

「ど、どうし……」

問いかけることを許さないように、ラファエルは口づけてくる。夜にだけ与えられる彼の柔らかい唇が重なり合っていることに、驚きながらも心は悦喜《えつき》する。

ゆるゆると舌が口腔内に挿入されて舌同士が絡み合えば、心だけではなく、身体も悦楽に浸り始めた。淫らなことを言われたり、口づけ以上のことをされたりしているわけではないのに、ヴィオレットの下腹部が熱くなってきていた。

「ん……っう……ン」

ぼんやりと頭の中は霧がかかったようになっていく。

心も、身体も、甘美な快楽を待ちわびるように震え始めていた。彼の唇と擦れ合う感触が心地よい。食《は》むように唇をついばまれれば、そのまま彼に食べて欲しいと思ってしまうほどだった。

「……ラファエル……」

息も絶え絶えに彼を見上げると、紫色の双眸がヴィオレットを見下ろしてきた。

魅了してやまない美しい瞳が、こちらを見ている。

(あなたが、好き……)

愛しさが込み上げてきて、胸が苦しかった。

彼に見つめられているだけで、全身が撫でられているような気持ちにさせられる。くすぐったくて、切なくて、甘い。

ほのかな恋心を抱いて彼を目で追っていた日々と、今と、自分の気持ちも自分自身も何ひとつ変わっていないことに気づかされれば、胸の痛みに襲われる。

──何も、変わっていない……。

女王だの、王冠だのと虚勢を張ってみても、自分は所詮《しょせん》ただの小娘なのだ。ヴァレリアンによって後づけされた〝価値〟で彼を縛りつけてみても、やっぱり虚《むな》しい。けれど、手放せはしない。

腕を伸ばし彼を抱きしめれば、募る想いと、同時にわきあがる虚無感に苛まれ、眦に涙が滲む。

「……ヴィオレット？」

「ご、ごめんなさい……」

涙を滲ませてしまったことに対して謝罪をし、ヴィオレットは涙を拭《ぬぐ》った。そんな彼女の様子を見て、ラファエルはぼそりと小さな声で返事をする。

「いや、私のほうこそ……性急なことをしてしまい、すまなかった」

ヴィオレットが涙を滲ませた理由は、そういうものではなかったので、彼女は左右に首を振った。

「違います……私は、あなたに抱かれることに対して嫌だと思ったりしていません……今も」

「では、どうして泣く？」

「それは、聞かないでいただけると、ありがたいです……」

途端にアイスブルーの瞳から、ぽろりと涙が零《こぼ》れ落ちた。

「……そうも、いかない。本当は、恐ろしかったのだろう？　突然、乱暴なことをされて……すまない。許して欲しい」

「いいえ、本当に――」

あやすように頭を撫でられてしまうと、感情が抑えきれなくなってしまう。

ラファエルは野心家だと言ったり、ヴィオレットを成り上がるためのカードだと宣言したりするけれど、本当はとても優しい人なのだ。ただ、モンクティエ家に生まれ、成すべき道を忠実に歩み続けているだけで。

安穏と暮らしていた自分とは、違うのだ。

「さきほどのことも、すまなかったと思っている」

「……さきほど……ですか？」

ノーランにきつく当たっていたことだろうか？　だとしたら、自分ではなく彼に伝えるべきでは？　と考えていると、彼は苦々しい笑みを浮かべる。

「せっかく……その、君がお菓子を作って執務室まで来てくれたというのに、すげなく追い返してしまった」

「……そのことでしたら、いいんです。ご公務の邪魔をしてしまったのは事実ですので……本来であれば私がやらなければいけないことを、あなたがすべて引き受けてくださっているのに、軽率でした……もうしませんので許してください」

「それは、困る」

間髪容《い》れず彼に言われて、ヴィオレットはいったい何が困るのだろうと思った。

「……君が作ったレモンタルトは、とても美味しかった。是非また食べたいと思わされる一品だった」

ラファエルの表情も口調も淡々としたものであったが、ヴィオレットは彼の賛辞が嬉しくて堪らなかった。

「本当ですか？　ありがとうございます。嬉しいです」

頬を赤らめて微笑むと、ラファエルの美しい顔が近づいてきた。

口づけをされるのか――と、期待に心が震えたが、寸前で彼の動きが止まる。

「……あぁ、すまない。どうにも私は学習能力がないようだ」

はぁ、と溜息をついてから、ラファエルはヴィオレットと距離を作った。

「……そ、それでは、また、作らせていただきます」

「そうしてもらえるとありがたい」

「――はい」

その後、彼からのアクションはなく、ヴィオレットは残念に感じてしまう。

今動きがなかったとしても、夜になればベッドを共にするのだから、それまで我慢すればいいだけの話だ。

だが、どうだろう？　ヴィオレットには夜まで我慢できる自信がなかった。せめて口づけだけでも、もう一度して欲しかった。

「あの……ラファエル……お願いが、あるのですが」

「願い？　なんだろう？」

「……不躾《ぶしつけ》だとは思うのですけれど……お菓子を作った、ご、ご褒美をいただきたいです」

「褒美だって？」

「ごめんなさい、そもそも、私が勝手にお願いをして、やったことではあるのですが、でも、

「いいよ、言ってみなさい。何が欲しい？　ダイヤの首飾りか？　それとも、ブレスレットか？　いや、もういっそのことパリュールを作らせるか。何点か作らせてはいるが、いくつあっても足りないだろう。何で作る？　さっそく宝石細工師を呼んでデザインを――」

ヴィオレットが何も言っていないのに、彼の中でどんどん話が進んでいっているようで、彼女は慌てて止めた。

「ジュエリーが欲しいのではありません」

「違うのか？　ではいったいなんだろう……あぁ、もしや、ラザルス家に領地を与えて――」

「ち、違います……あの……もう、いいです。お願いしづらくなってしまいました……」

頬を赤らめているヴィオレットに対し、ラファエルは首を傾げた。

「……すまない。君が何かを所望するのが珍しかったから、つい、あれこれ述べてしまった。言ってくれ」

「……では、く、口づけを……していただきたいです」

「口づけだって？」

「聞き返さないでください」

「私は、先刻、君に拒否をされたと思っているよ？」

「拒否はしていないので……して欲しいのです」

「そうか」

ちゅっと、今まで一番短いと思われる口づけをして彼は微笑んだ。

当然、それで足りるはずがなくヴィオレットが見上げると、ラファエルはまた笑う。

「どうした？」

「……ご褒美の口づけにしては、短くありませんか」

「君がどんなものを望んでいるのか、私にはわからないからね」

「あなたのそれは、本気でおっしゃっているのかどうかわかりかねます」

「〝わからない〟というのは本当だ。だったら、こうしよう。君が私に口づければいい」

「え？　わ、私がですか？」

「そのほうが、気が済むまでできるだろう？」

彼はもっともらしいことを言って、紫の瞳でヴィオレットを見つめた。ラファエルの言っていることはわかるが、ヴィオレットにはできそうになかった。

「……無理です……」

「どうして？　望んでいるのは君なのに」

「でも……恥ずかしい……」

羞恥心を刺激されて、ヴィオレットの耳朶がみるみる赤くなっていく。

「色が白い分、色づくのも早いな」

耳朶をラファエルの指先でくすぐられ、背筋がぞくりとする。

「……耳……駄目……です」

「ヴィオレットは、この場所が弱いようだな」

面白そうに彼は笑うと、耳朶に舌を這わせ始める。

「あ……っン」

甘い快楽に背筋がぞくぞくとさせられ、全身が小刻みに震えた。

「……抱いて、いいか？」

「く、口づけて……いただけるなら」

ふふっとラファエルは笑う。

「君はやはり交渉がうまいな」

柔らかい唇が、ヴィオレットの唇と重なり合った。

離れていたものが再び触れ合う感触に、ヴィオレットの心は歓喜する。今はもう何も考えまい。さきほどと同じ失敗を繰り返さぬよう、彼女はラファエルの愛撫を素直に受け止める。

耳に触れながらも、彼はヴィオレットの薄紫のリボンが装飾されているストマッカーを器用に外した。胸元は開かれ、上半身を矯正《きょうせい》しているコルセットが露わになる。

「柔らかな胸に、触れたくて堪らなかった。君は、恐ろしい魅力の持ち主だな」

いつから彼はそんな目で自分を見ていたのだろう、とヴィオレットは思った。ラファエルはいつもあまり表情を変えずに淡々としているから、彼が欲情していたことに気づけなかった。

「……恐ろしいなどと、おっしゃらないでください……私は、あなただけのものなのに」

「ああ……」

胸もとをきつく締めつけていたコルセットが外され、ヴィオレットの白い乳房が露わになった。ラファエルは彼女の反応を見るようにして、乳房をゆったりと揉み、淡い色をした先端部を舌先で転がした。

「……っン……」

そこを舐められたり吸われたりしているうちに、一度は沈静化していた情欲に火が灯《とも》る。胸を舐められるほどに、下半身が切なく痛んでくる。熱く張り詰めた部分をどうにかして欲しいと思ったが口には出せず、身体を震わせるしかなかった。

「……して欲しいことを言いなさい、ヴィオレット」

「あ……ぁ」

耳もとで囁かれれば、大仰なまでに全身がぶるぶると震えてしまう。ラファエルに名前を呼ばれることにも、彼女は弱かった。

「わ、私……」

それでも羞恥のほうが勝って、彼女は首を左右に振った。そんな彼女の反応に、ラファエルは微笑む。

「毎晩交わっているのに、まだ恥ずかしいか？」

「……恥ずかしい、です」

「…………気持ちいいとは思っている？」

「はい……」

今まで知らなかった悦楽を、教えてくれたのは彼だった。一度開かれた身体はどこまでも従順に快楽を求め、早々に蜜源から蜜をあふれさせる。そんな己の変化に心がまだついていっていない。

彼に抱かれて嬉しいと思う気持ちよりも、彼の身体を欲しがる気持ちが、ときどき勝ってしまうようで――。

「……嫌ではないか？」

「嫌じゃないです」

「そうか」

ラファエルはヴィオレットに短く口づける。

「口づけも、それ以上のことも……していただきたいと、思っております……」

彼は自分が身体を重ねることを嫌がっている、と思っているように感じられて、そう返事をすると、ラファエルは口許《くちもと》に笑みを浮かべる。

「偽りなく、して欲しいと思っているのならば、もっと欲しがってもらいたいものだな」

そっとヴィオレットの手を取り、ラファエルは恭しく彼女の手の甲に口づけた。

「……私はいつだって、欲しいと思っております」

ただ、彼女が欲しいと思っているのは、彼のすべてだった。

何を考えているのかわからず、悩ましい感じの美貌も、淡々とした態度も仕種も、ヴィオレットからすればすべて愛おしく思え、なぜこんなにも惹かれてしまうのかと考えてみても答えが出ない相手――それが、ラファエルなのだ。

彼の手が、ヴィオレットの頬を優しく撫でる。彼女は、小さく息を吐いた。こうして撫でてもらうのも、心が満たされ悦喜する。

「……ヴィオレット……」

ドレスの裾が捲り上げられ、ラファエルの指が太腿に触れる。

優しくて柔らかな時間の流れは、再び官能に満ちた淫靡《いんび》なものへと変化していく。

彼の指先が、内腿からするすると彼女の身体の線をなぞるように動いた。触れて欲しい場所までの距離が近づくと、ヴィオレットの息が乱れた。

こんなふうに期待に満ちた吐息を漏らす自分を、ラファエルに見られるのはやはり恥ずかしく、羞恥心でどうにかなってしまいそうだった。

「……遠慮することはない」

ドロワーズのうえから花芯を撫でられ、愉悦がわく。待ちわびた分、花芯への愛撫で感じるものが強く思えた。

「ん……ぅ」

腰が性的興奮でぶるぶると震える。

みっともなくて恥ずかしい姿だと思っても、ヴィオレットには身体をコントロールすることができなかった。

「濡れているね……早く触って欲しかったか？」

ヴィオレットが答えに迷っていると、彼は耳もとで囁く。

「隠さず、正直に言いなさい」

つつっと彼の指が花芯と蕾の間を何度もなぞるように往復する。もっと強い刺激が欲しくて、腰がもどかしげに揺れるのをラファエルは見逃さなかった。

「……君は、本当に可愛いね」

ドロワーズを脱がされ、足を開かされる。

彼の唇はヴィオレットの内腿を滑り、奥へと進んでいた。

「ラファエル……何を……」

「君のここを、舐めたいんだよ」

ラファエルの生ぬるい舌先が、彼女の花芯をつつく。触れられた感触が今まで感じたことがないほど甘美で、思わず息が漏れてしまった。

「ん……ふ……ぁ、それ……いや……あ、あぁ」

「気持ちいいか？」

指で触れられるよりも淫猥で、肉欲に溺れさせられている感じが強かった。興奮で膨らんだ花芯をラファエルが唇や舌で舐めまわす。

羞恥心を強く感じる場所を彼に見られながら、舐められていると、何がなんだかわからなくなってきてしまう。

甘い快感とどうしようもない恥ずかしさで全身が震え、アルコールを摂取したわけでもないのに酔ったときのような眩暈を感じた。

「……っ、や……あぁ……」

やがて彼は花芯を吸いながら、蜜があふれ出ている場所に指を挿《さ》し込んでくる。ヴィオレットの意思とは裏腹に、濡襞は挿入物を悦ぶように蠢いた。

「君の内部は……本当に凄いな。熱くぬめっているのに、きつくて……早く挿れたくて堪らなくなる」

「……は……ぁ……お好きなように、なさって……ください……ラファエルのいいように……

……」

陰唇を舐められているのは体感的にはとてもよかったが、これ以上の羞恥には耐えられそうにもなかった。

蜜なのかあるいは彼の唾液なのかわからなかったが、しとどになった場所からあふれ出た液体が臀部《でんぶ》までをも濡らし、シーツをぐっしょりと濡らしていた。

彼は濡れた唇を親指の腹で拭いながら身体を起こす。

「そうだな……もう少し楽しみたかったが、あまり時間もない」

ブリーチズの前をくつろがせ、猛った部分を引き出す。硬くなっている肉棒の先端を宛がわれれば、ヴィオレットの腰が小さく跳ねた。

「可愛らしい反応だね」

ふっと息を漏らしてから、ラファエルは身体を押し進めた。

「あ……あぁ……あっ」

ずぶずぶと隘路《あいろ》を分け入ってくる硬い感触に、ヴィオレットは身悶《みもだ》える。

夜にふたりの寝室で行っている行為と同じであるのに、同じではないように感じてしまう。濃厚な快感に身体を貫かれて、唇が震えた。

「あぁ……堪らない……ヴィオレット……すぐに果ててしまいそうだよ」

興奮に濡れた声色が彼女の耳に届けば、ヴィオレットもまたすぐにでも達してしまいそうになるほど、身体が高まった。

「……ラファエル……っンン」

「甘えた声出して……ふ……可愛いよ……ヴィオレット……あぁ……どうして……こんな……」

快楽を堪えるようなラファエルの表情は艶っぽく、ヴィオレットの心を乱していく。

（……あぁ……駄目）

快楽の沼に引きずり込まれながら、彼への想いを再確認させせられる。愛しい人と身体が繋がり合っていて、奥深い場所で結ばれれば、毎夜繰り返されている行為ではあってもこみあげてくる切なさに泣いてしまいそうになった。

来週に控えている戴冠式。そんなものに今更不安を覚えても仕方がなかったから、王冠の重圧に耐える覚悟はできていたが。

『ウエディングケーキは腕によりをかけて作らせていただきますね』

茶色の瞳を輝かせながら告げてきた、ノーランの言葉が胸によみがえってくる。

戴冠式のあとに行われる結婚の式典――。書類のうえではもうとっくに彼とは婚姻関係が結ばれていたが、式典が行われることでよりいっそう〝夫婦〟としての絆が深まるように思えていた。

気持ちが結ばれていなくても、もうかまわなかった。彼が固執しているのが王族としての〝血〟の部分であってもいい。恋しくて堪らない人が夫として永遠に傍にいてくれるのなら、どんなことでもきっと耐えられる。

(駄目……)

何も考えないようにしようとしても、胸が切なくなってきてしまい、アイスブルーの瞳からはぼろぼろと涙が零れ落ちた。

「ど、うした——なぜ、泣く?」

「ごめんなさい……なんでも、ないんです」

「なんでもなくは……ないだろう」

ラファエルは大きく息を吐いて、身体の動きを止めた。

「……っふ……、どうした、言ってみろ……今更嫌だと言われても、私も……正直、辛いがな」

繋がり合った腰が震えている。

ヴィオレットも同様で、快楽が上り詰めている最中でやめられるのは辛い。

「ラファエルに抱かれるのを……嫌だと、思ってはおりません……」

「では、なぜ? 理由を……言え」

(あぁ……駄目……私、この人が……好きで好きで……堪らない)

俯いて快楽を堪えているラファエルの睫毛《まつげ》が震える様子にも、どうしようもなく色気を感じてしまい、ヴィオレットの濡襞が包んでいた男性器を締めあげる。

「……くっ……早く、言え……堪えられなくなる」

彼の肌にじわりと玉のような汗が浮かぶ。

「言って……い、嫌がられたく……ないです」

「……いいから言え……焦《じ》らすな」

「嫌……」

けれど、感情が昂《たか》ぶりきったヴィオレットの瞳から涙が止まることもなく、ラファエルは身体を震わせた。

「……君が、何を言っても……嫌がったりはしない。嫌う……というのもない。私は、他人に対して〝そういった〟感情を持つことがない……それに、君は私にとって唯一無二の存在であるのだから、何を言われようが変わりようがない」

「私、あなたが……愛しいんです」

「ん……？　あぁ、私も、君を愛しく思っているよ」

「好き、なの」

ヴィオレットは細い腰を揺らし始める。鎮まりきっていない身体は、すぐに快感を呼び覚ます。それは彼も同じで、ラファエルは息を乱した。

「……っ、ヴィオレット、話を……」

「ん……ぅ……ラファエル、好き、あなたが好きです」

「……好き、だよ」

彼はおうむ返しのように言葉を返すと、堪えきれなくなったのか、激しく腰を打ちつけ始めた。

「あ、あああああっ！」

震えが止まらない自分の唇を、ヴィオレットは震えを止めるべく手で押さえつけようとするが、その手も震えてしまっていたから役割を果たさなかった。

「……好きだ、ヴィオレット……」

もうやめないとばかりに、腰を振り、ラファエルは屹立《きつりつ》した部分を彼女の内部に繰り返し抜き差しし、濡襞と擦れ合うことで生じる快楽に没頭した。

「あ、あぁ……ラファエル……っ」

「……君が、悪い……何度も気を逸らそうとしたり……止めさせたり……どうにも、ならない」

甘い吐息が絡まり合う。まったく余裕のなくなったラファエルがヴィオレットの身体で快感を貪っている。いささか乱暴なそんな彼の動きにヴィオレットは酷く感じてしまい、高い声をあげた。

「あ、あああああ……だ、め……っ、あ……ン……はぁ……あ」

「何が〝駄目〟だ……こんなに……締めつけて……欲しいんだろう？」

ぐちゅぐちゅと淫猥な水音が室内に響き渡る。交わり合っている音の淫猥さにも、ヴィオレットは興奮してしまった。

「ラファエル……欲しい……欲しぃの、あなたが……あ、あああっ」

強く抱きしめられ、最奥を激しく突かれる。

身体から溜まりに溜まった快感が、弾け出してしまいそうになった。

「ひ……ン……」

「欲しがれ……もっと、もっとだ」

「ラファエル、欲しいの……」

ヴィオレットも彼の身体を抱きしめて、しがみつくようにラファエルの腰に足を絡ませる。

相変わらず涙は止まらなかったが、ラファエルはもう身体の動きを止めなかった。

「ん……ふ……ぅ……ラファエル、口づけ……て……」

「……あぁ」

唇が重なり合い、唇の感触を楽しみ合うことなく彼の舌がヴィオレットの口腔内に入り込んでくる。

舌を激しく絡ませて唾液が混ざり合う。まるで注がれるようにあふれた唾液を嚥下すると、催淫剤を飲まされたのかと思うほど激しく興奮し、彼女も自ら腰をくねらせ彼の身体の動きに合わせるように揺らした。

「ん……ふ……ぅっ……あ、ふ」

「あ……あ……ヴィオレット……あぁ、いい……凄く、いいよ……」

「……ラファエル……好き……」

「あぁ、好きだよ」

「もっと、もっと言って……好きって言って……」

激しく腰を振り始めたヴィオレットの動きに、ラファエルは射精を堪えるように眉根を寄せる。

「ヴィオレット……駄目だ、もう……出すぞ」

「駄目、もっと好きって言ってくれなければ、私の中に出しては駄目」

「——っ、ふ、ヴィオレット……君だって、もう……」

「言って……ん……ふ……あ……あぁ」

注いでは駄目だと言いながら身体を離す様子は一向に見せず、ヴィオレットは彼の男性器を奥深くまで咥え込ませたまま、腰をくねらせる。

「……あぁ……好きだ、ヴィオレット……好きだ……好きだよ」

快楽の虜になったふたりは、腰を激しく打ちつけ合った。そして。

「あ、あああ……っあ、は……ああああ」

達してうねる濡襞の内側で、ラファエルも飛沫《しぶき》をあげる。

彼の体液を残さず搾り取ろうかというような締めつけと動きを見せたあと、ヴィオレットはくったりと身体を弛緩《しかん》させ、ラファエルの腰に巻きつけていた自分の足をベッドのうえに落とした。

「……ヴィオレット……大丈夫、か？」

恐る恐るラファエルが彼女の頭を撫でると、ヴィオレットはガラス玉のような瞳で「ごめんなさい」とぽつりと呟いた。

「どうかしたんですか？　殿下」

クレマンに声をかけられて、ラファエルははっとした。

「……いや、別に」

「〝別に〟じゃ、ないですよ。けっこう長い時間、ぼんやりとしていましたよ」

「……あ、あ……そうか、すまない。少し考え事をしていた」

「何か、問題でも起きましたか？」

「問題は……特にない」

問題はない、なかったはずだ、とラファエルは思った。

「……ですが、ペンを持つ手が全然動いていませんよ……」

指摘をされて手もとを見ると、一時間前に目を通し、あとはサインをすればいいだけの状態の書類が、まだ机のうえにあった。

「……すまない」

「いえ、いいんですが……急ぎのものがあるわけではないので。本日は謁見の予定もありませんし、今日のところはこれで終わりにして、ゆっくりお過ごしになられてはいかがですか?」

「……そう……だな。悪いがそうさせてもらう」

手に持っていた羽ペンを置き、ラファエルは溜息をついた。そんな彼の様子を見てクレマンは心配そうに声をかける。

「医師は必要ですか? 診《み》てもらったほうがいいのでは……」

「ありがとう……そうだな……少し胸が苦しいから、診てもらうことにしよう」

「それはいけない! もっと早くおっしゃってくださいよ。ひとまず、隣の部屋で休んでいてください。すぐに呼びます」

ラファエルは侍女と共に隣の部屋へと移動する。

執務室の隣の部屋にはベッドがある。身体が丈夫ではない国王のため、いつでも寝られるようそういった配置になっていた。

ラファエルがこの部屋を使うのは、今日が初めてだった。

上着を脱がされ、早々に寝間着に着替えさせられると、空色の天蓋の幕が下りているベッドに横たわった。

(いったい、どうしたのだろう)

胸が締めつけられるような感覚に、溜息を漏らす。何も手につかずぼんやりしてしまうのも初めてだった。

侍従医がやってきて診察をしてもらうと、特に大きな異常は見られないが、過労であると診断され女王の戴冠式や結婚の式典が迫っていることもあり、数日間の休養が必要だと言われてしまう。

「……何日も寝て過ごすわけにはいかない。今日のところはゆっくりさせてもらうが、明日からは通常どおりでかまわない」

「お言葉ではございますが、戴冠式はもちろんですが結婚の式典に、王配殿下が欠席されるということは、あってはならない話です」

「だが」

ラファエルは言葉に詰まった。自分には公務の代行を命じられる傍付きがいない。しかも、そもそも自分が女王の公務を代行していることを思えば、休むとなるとヴィオレットに話が行くだろう。もちろん彼女が公務をこなせるはずがなく、ヴィオレットにも傍付きはいないが、黙っていても世話役のレイナルドが傍付きに昇格し、公務を代行するようになるだろう。

(私の代わりに、ローニヨン家の人間が公務を代行するだと？　それこそあってはならない話だ)

深々と溜息をついたあと、ラファエルは侍従医の後ろで控えていたクレマンを見た。

「クレマン、急な話だが君に私の傍付きとなることを命じる」

「え？　あ、はい。ありがとうございます」

由緒正しきアズリア伯爵位を持つ彼は、長年、宮廷内の権力争いには関わらないという立場を貫きとおしているオーランシュ家の人間だ。公務の代行を頼むなら、オーランシュ家の人間以外はありえない。

「……クレマンの世話役には、君の弟、アリスティドを任命するのでうまいことやってくれ」

「かしこまりました。光栄でございます、殿下。さっそくアリスティドを呼び寄せます」

「あぁ、頼む」

ふう……とラファエルは溜息をついた。

なぜヴァレリアンはクレマンを世話役に任命したのかと、ずっと疑問だった。仕事ぶりに不満はないが、オーランシュ家がモンクティエ家寄りではないのは明らかだった。

もっとモンクティエ家に近い人間を、任命すべきではと思ったときもあるが、結局のところ、ラファエルにとってモンクティエ家がらみの人間では駄目なのだ。

(もしそうだったら、私は、安らかな気持ちではいられなかっただろう)

失敗は許されない。自分に課されているものを、押しつけていただろうし、厳しく監視もしただろう。そうしてしまえば、臣下の動向が気になってしまい、公務はおろそかになる。

チョコレート好きのエドゥアールのところに、ふらっと行ってしまう臣下を寛容に許せるくらいの相手でちょうどいい。

モンクティエ家の人間が野心の塊であるのは嫌というほど知っている——地位や名誉のためなら、人間を道具のようにしか思わないのもわかっている。

クレマンが自分を慕っているとは思わないが、兄のエドゥアールやノーラン長官、そしてヴィオレットを慕っていることはわかる。だからこそ、嫌みも言えば苦言も呈するのだろう。

(慕う相手のこととなれば、自分の立場が悪くなるのも考えずに発言ができる……)

それはラファエルには理解しがたかったが、そうすることができるクレマンに対して悪い感情は抱かなかった。

『……エドゥアール様の容姿が、気になりますか？　殿下は』

昔から太っていて容姿には恵まれない兄。

今思えばあのときのクレマンは、ラファエルが彼を蔑《さげす》んでいるかどうかを確認したのだろう。

(姿かたちなどどうでも……)

優秀な頭脳が早くに認められて宮廷入りをした兄を、尊敬はしても蔑むような感情は抱きようがない。

何時間学ぼうが、どれほどの教師をつけられようが、自分の頭脳は彼のようには働かない。何百頁もある医学書を、一度読んだだけで覚えてしまうような優秀な人物と、長年比較され続けてきたことを振り返ってみれば——。

（……いったい私に何ができるのだろう）

毎日ヴィオレットを抱いて、子種を放つことしかないのか？　と思えてしまう。

養父母から突然引き離され、そうは簡単には逢えない状況になってしまったことを、哀れむ気持ちは確かにあったのに、優しくしなかった。

『……殿下にとって、女王陛下は……必要な方なのでしょう。それは、わかりますが……もう少し、陛下に優しくしてはいただけませんか』

——優しく。どんなふうに接すれば、彼女は満足したのだろうか？

（わからない）

ヴィオレットを思えば、胸が痛くなり息苦しくなった。

昨夜は、昼間に彼女を抱いてしまったこともあり、行為には及ばなかった。ふたりの寝室で彼女を抱かなかったのは初めてだったけれど、きちんと説明はした。

昼間、あのあと興奮が冷めなくてもう一度彼女の中に吐精したため、ヴィオレットの身体を気遣って夜はやめておこうと話をした。

（……昨日の昼のノーランとの会話の内容も、朝のヴァレリアン殿下との会話の内容も、結局聞けていないな……）

ノーランはウエディングケーキの打ち合わせだと言っていたが、本当かどうかはわからない。ウエディングケーキの打ち合わせをするのであれば、ラヴァンドの間ですればいいのに、あんなふうに世話役のレイナルドも伴わず忍ぶように逢う必要はあるのか？　見つめ合って微笑み合う必要はあるのか？

そもそも優しくもない自分を、彼女が『好きだ』と言ったのは嘘ではないのか？　とラファエルには思えていた。

彼女のことをカードだと、道具だと宣言している男を好きになったりするものなのか？　いいや、そんなはずはない。ヴィオレットは不貞を隠すためにあんなことを言ったに過ぎない。きっとそうだ。

（……私に言わせた理由は、わからないが）

不貞という言葉を思い浮かべると、胃の辺りがムカムカしてくる。

ヴィオレットはあの柔らかく滑らかな肌を、ノーランにも晒《さら》したのだろうか？　挿入を許したのだろうか？　そして可愛らしい喘ぎ声を、あの男にも聞かせたのだろうか？

「……」

どうとも許しがたい感情がわきあがる。

『駄目、もっと好きって言ってくれなければ、私の中に出しては駄目』

いつもノーラン相手にあんなことを言って、中に出すことを許しているのだろうか？　ということにまで考えが及んでしまえば、ラファエルは冷静ではいられなくなった。

中に吐精されれば、彼女が産む子供の父親が明確ではなくなる——という思いより、愛しげな感情をさらけ出して、全身が溶けるような快楽を他の男にも与えたのかということが許せなかった。

「……風呂の用意を」

汗はかいてはいなかったが、バスルームを使って頭の中をすっきりさせたかった。

「恐れ入ります、お風呂はお疲れになるので、タオルで身体を拭《ふ》かせていただきます」

侍女の言うことはもっともであったが、ラファエルは思いどおりにいかず苛立ちを覚えた。

「命じられたとおりのことができないなら、下がってくれ。全員だ」

「で、殿下、お許しくださいませ、私共は、殿下のお身体を思って」

「黙れ。下がれと言っているのがわからないのか。くどく言わせるなら、部屋付きの侍女を替える」

「も、申し訳――」

侍女の言葉が途中で切れたのを不審に思って顔を上げれば、自分の侍女を伴わせたヴィオレットが立っていた。

「ヴィオレット……」

「ラファエル殿下の身体は私がお拭きします。ですから、皆さん、下がるように」

これ以上何か言えば、解雇されてしまうと恐れた侍女たちは部屋から出ていった。ヴィオレットが連れてきた侍女も、銀色のトレーをテーブルに置き、出ていく。

銀色のトレーには白い皿に載ったマドレーヌと、菫の砂糖漬けと、グラスに注がれた水があった。

「ラファエルの体調がよくないと、侍従医より聞きました。具合はいかがですか？」

ヴィオレットは胸もとが大きく開いた水色のドレスを着ていた。ネックリボンは同系色でレースがふんだんに使われ、可愛らしく首を飾っているが、どうしてもふっくらとした胸の谷間に目が行ってしまう。

「……たいしたことはない。大事を取って休養しているだけだ」

「そうですか……それならば、いいのですが」

か細い声で彼女が言う。心配そうな様子を見せられると心が揺れるが、それと同時に自分がいなくなっても困りはしないくせに……という濁った感情がわきあがった。

「あ、お身体を拭かせていただきますね。お湯の用意をしてきます」

「……あぁ」

ヴィオレット相手にあれこれ文句を言う気にもなれず、ラファエルはされるがままになった。

お湯が入った大きめのボウルをテーブルのうえに置き、タオルを絞る。そのタオルを使ってヴィオレットはラファエルの身体を拭いた。

「朝食もお召し上がりにならなかったそうですね」

「……それも大袈裟に聞かされただけだ。少しは食べている。色々と考え事をしていたら、それでもうお腹《なか》がいっぱいになってしまっただけだ」

「そうでしたか。もし、食欲があるようでしたら、マドレーヌを焼いたので食べていただければ嬉しいです……」

銀色のトレーに載せてあるマドレーヌ。実は侍女が運んできたときから気になっていた。

「あ、あぁ……食べさせてもらうよ」

ただ、またノーランのところに行ったのかと考えさせられると、もやもやしてくる。

「菫の砂糖漬けも分けてもらいました。水に入れて飲んでも甘くて美味しいんですよ」

ラファエルの上半身を拭き終わり、彼に寝間着を着せると、彼女はきびきびとした動きでお湯の入ったボウルをバスルームへと運び、それの片づけが終わると今度はマドレーヌの準備を始める。

「エテルネル宮殿の泉からわき出ている良質な水で入れるコーヒーや紅茶は、格別に美味しいので、菫の砂糖漬けを入れてみたらどうかなと思ったんです。そうしたら、とても美味しくて……是非、ラファエルにも飲んでいただきたいと思いました」

「……そうか」

「私のお母様も菫の砂糖漬けやシャーベットが好きだったようで……この前、お、お父様に呼ばれてお部屋に行ったときに、ノーラン長官が作った菫のシャーベットをふたりで食べました。甘くて美味しくて毎日食べたいと思うほどでした」

「……そう」

今日の彼女はやたらと喋る。と、感じた。

いったい何がヴィオレットをそんなに饒舌《じょうぜつ》にさせるのかラファエルにはわからなかったが、楽しそうな彼女を見て、哀れんだのは杞憂《きゆう》だったと思えてしまう。

ヴァレリアンと初対面のときには、ああもおどおどした様子だったのに、今ではすっかり打ち解けているように見えた。

別に自分が優しくしなくても、優しくする方法を知っている人間が彼女を楽しませているのなら、自分が無理をしてそうする必要などないのではないのかと考えてしまう。

「お待たせしました、ラファエル。お召し上がりください」

ベッドにいるラファエルに銀色のトレーを渡した。

水が注がれていたグラスには、菫の砂糖漬けが入れられていて、淡い青色の飲み物へと変化していた。

「……君は、私がいなくても楽しく生活できそうだな」

「――え？　あ、の……」

「私が君に何かしようと考える必要は、ないのだろうな」

独り言のように呟いてからグラスを傾ける。

ふわりと香る、優しい花の香り。舌で味わえばほんのりと甘い。

いったい自分はどうすればいい？　どうすればよかった？

――彼女が嬉しそうに微笑むとき、自分は彼女の隣にいない。その代わり、別の人間が傍にいる。だから自分は何もしなくていい――……のだろうか？

ベアトリスのように、まるで自分の首を飾るダイヤの首飾りだとばかりに、虚栄心を満たす道具として扱われたほうが、こちらも楽だった。

彼女を引き立てる〝もの〟として、ただ美しければいいだけ。彼女の機嫌を伺いはするが、ベアトリスが何を考え、何を求めているかなんて思いもしなかった。そこに感情などない。お互いに好きも嫌いもなく、利害関係が一致していただけだ。

結婚後でも、ベアトリスがこそこそと手紙をよこすのは、今まで身につけていたものがなくなって、首もとが寂しくなっているだけ。

ラファエルはグラスをトレーに置くと、マドレーヌに口をつける。

（これは……）

ほんのりとシナモンの香りがして、小さく砕いたナッツが入っている。アーモンドとクルミ。アルモニーの教会で食べていたマドレーヌと同じものだと思った。

先日アルモニーの教会で出されたマドレーヌは、いたってシンプルなものになっていて落胆させられたが、まさか、ヴィオレットが教会に寄付していたお菓子は彼女の手作りだったのだろうか。

確認すべく、ラファエルが顔をあげると、ヴィオレットは俯いていた。

先ほどまで〝他人と一緒にいて楽しかった話〟を、嬉々《きき》として喋っていた人物と同じだとは到底思えない様子になっている。

泣いてはいないが、今にも泣き出しそうな雰囲気だった。

「ヴィオレット……？　どうした」

「……いいえ、なんでもありません」

経験上、なんでもないと相手が言ったところで本当になんでもなかったためしはない。女性がこういったことを言うのは、機嫌を損ねたときだ。

けれど、ヴィオレットの様子は機嫌を損ねたというものではないと感じられる。どう声をかけていいのかわからずに黙っていると、次第に彼女の眦に涙が滲み始める。

「あ、その……だから、私は、どうしたのかと、聞いているのだけれど」

思わず弱気になってしまう。誰かの機嫌を伺うのに、こうも気にしたり、弱気になったりするのは初めてで、うまく舌が動かずしどろもどろになってしまった。

「ごめんなさい」

「どうして君が謝る？　何か私に謝らなければならないようなことでもしたのか？　い、いや、してない。君がするはずがない。そうだとも、そうだろう？」

彼女からの謝罪の言葉に気が動転してしまう。

ヴィオレットの美しい身体が、他の誰かのものになっているとは考えたくない。確かに想像はした。そして憤りもしたが、それが本当だなんて信じたくない。

「いいえ……私は、ラファエルに失礼なことをしてしまったと、昨日から……悔やんでいて」

「く、悔やむだと？」

先ほどから感じていた息苦しさが増す。胸が痛くて堪らない。

やはり彼女は別の誰か——ノーランに身体を許したのか？　いや、彼女がただ身体を許すとは思えない。望まぬ結婚をさせられたうえに、相手からはカードだと言われていい気はしない。そんなときに優しくされれば、誰だって心ごと許してしまうだろう。

「つまり、君は、ノーラン長官を好きだということか」

「え？」

神秘的なアイスブルーの瞳が、驚きで丸くなっている。意外な話をされて驚いているといった表情だ。では、相手はノーランではないということになる。

「……まさか、クレマンか」

オーランシュ家の人間は、中立を保ち、優秀でありながらも前に出ようとしない謙虚さがあり、他人を見極める能力に長けている。そして他人の感情に敏感だ。宮廷に来て心細いヴイオレットを慰めるなんて彼なら容易いだろう。

「ち、違います。何をおっしゃって——」

「兄か、彼は確かにとても優秀だ。何百年かに一度の天才と呼ばれ、誉《ほま》れ高い。君が、彼を好きになってもおかしくはない」

「ラファエル、違います」

ヴィオレットを見ると、彼女は心底困ったような表情をしていた。いよいよ、彼女がどうしてそんな顔をするのかわからなくなる。

混乱しすぎて、正常な判断ができない。

「……私は、昨日……その、お話ししたとおり、ラファエルが好きです」

「自分で言うのもなんだが、私は君に好かれる要素が何もない」

「そんなこと、ありません。私にとってのあなたは……唯一無二の相手、なので」

「……君が可哀想だと、思う」

「どうしてですか」

唯一無二だと彼女が言うのは、ラファエルが夫だからだ。それがどんなに嫌な相手でも、毎日夜の相手をしなければならない。

ある夫人につい最近聞いた話では、拷問を毎日受け続けているようなものらしく、地獄のようだと。男から聞きかじった話とは真逆の話を聞いて、ラファエルは若干の焦りを感じた。

どんな女性でも、濡れていれば感じている証拠だと。突きあげていれば、あちらも達する――と。

だが、夫人の話では痛みのあまりに身体がその場所を濡らすのだと。防衛本能のようなものだと。一晩だけでも苦痛であるのに、毎晩されては堪らない、とも。

ヴィオレットは初めから痛がったり辛そうにしたりしなかった。それは、彼女の演技なのではないかと思えてきた。感じたり、達したりしているように見えるのは、ラザルス家でそうしろと教育を受けていたからなのかもしれない。

痛みがあるから、あんなにも内部を収縮させてしまうのかもしれないと気がつく。耐えきれないほどの痛みを耐えるために力が入るから、締めつけてしまう……？

「……すまなかった。次からは、策を講じることにする」

「なんの……策でしょうか」

「ともかくだ……君はもっと、私の傍にいるべきだと思う」

「え？　あ……はい」

「戴冠式のあとは、君にも公務に参加して欲しいと思う。ヴァレリアン殿下のご意向に逆らう格好にはなるから、一度、殿下と話はさせていただくが」

「お父様でしたら、好きなようにしていいとおっしゃってくださっております」

「なんだって？」

「ラファエルだけに何もかも押しつけたままでは、女王の冠はいただけないとお話をしました。以前より、ラファエルがご多忙なのは知っていたのに……お倒れになるまで、何もできなくて申し訳なく思っています」

ついさっきまで頼りなさげに泣き出しそうだった青い瞳が、凛としてこちらを見ている。帝王学を学んできていないのに、すべてを知り尽くし理解しているような振る舞いに、ラファエルは息をのむ。

彼女に触れることも、抱くことも、彼女が持つ王冠に触れるようで気持ちが高揚したものだったが、今は指一本でも触れることすら恐れ多いという思いが、ふっとわいた。

「ラファエル？」

茫然《ぼうぜん》としている彼を疑問に感じたのか、ヴィオレットが首を傾げた。

「すみません、勝手なことをしてしまって……でも、私は……もっとあなたの役に立ちたかったのです。いいえ、役に立てるようになりたいのです。今のまま、ずっと隠れた状態でいては、私は、女王の冠を守れなくなるかもしれません」

「……それは、クレマンの入れ知恵か」

「……はい」

菫の香りがする水を一口飲み、ラファエルは平静を取り戻そうとした。

確かに、クレマンは自分にも進言してきた。ヴァレリアン亡きあとのことを。

(要は、彼女の露出を増やして、女王である彼女の魅力や威厳のアピールをしておけという話だろう)

ヴィオレットが女王に相応しくないと騒ぎ立てられたとき、ヴァレリアンがいなければ、どうなってしまうか想像できない。

誰かが騒いでも、他の人間が同調しないようにしておかなければいけない。

「……ヴァレリアン殿下が許可してくださっているのなら、話は早い。戴冠式のあとから公務に参加していただく。女王との謁見の申し出も国内外問わず、非常に多い状態だ」

「はい」

「謁見の申し出を受け入れていく方向で、調整していくがかまわないか?」

「……」

何か言いたげに彼女のアイスブルーの瞳が揺れたが、ヴィオレットは静かに頷いた。

「……思うことがあるなら述べよ。私はこのとおり、あまり他人の感情を読み取り、気遣うのは不得意だ。君が言わなければ、私は君の気持ちにはほぼ気づかないと思ってくれ」

「では……ひとつだけ、不安に思っていることを言わせていただきます」

「なんだろう?」

「謁見は、私……ひとり、ですか?」

「もちろん、私も同席させてもらう。女王に謁見を申し込んできている者は、王配が公務を代行しているという事情は知っている。だから君に何かをして欲しいという段階ではまだなく、挨拶《あいさつ》をしたいというだけだろう。事実、私が王配として謁見していても、ほぼそんな感じだ」

「そうですか……ありがとうございます」

「いいや。礼をされるようなことは何も述べていない」

「お礼くらい、言わせてください」

ヴィオレットは、ふふっと可笑《おか》しそうに口許に手を添えて肩を揺らした。

「……私は、ラファエルのことを優しい方だと思っていますよ」

「にわかに信じがたい話だな」

「今日は、体調のせいなのか、感情を乱されておいでですが、いつも、あなたは優しいです。でも……そうですね、初めてお話をしたときは、少し思っていた印象とは違うと思わされましたけれど」

「思っていた？　そういう言い方だと、まるで過去に逢っていたかのような言いようだな」

「はい、アルモニーの教会で何度かお姿は拝見しておりました」

「そうだったのか……まぁ確かに、状況が落ち着いたあとのアルモニーには視察で訪れていたからな。貿易が盛んなアルモニーは栄えもするが、ああいった裏の世界が容易に出来上がりもする。火種がないかを見るために一番多く訪れてはいた。教会には情報を入手するためにも必ず立ち寄った。まぁ、最初のきっかけは紫の薔薇——」

うっかり余計なことを話してしまいそうになり、ラファエルは咳《せ》き込《こ》むふりをしてごまかした。

「だ、大丈夫ですか、横になってください。マドレーヌは下げさせていただきますね」

「い、いや、これは、駄目だ」

思わず声に焦りの色がついてしまい、ヴィオレットに不審がられてしまう。

「……この、マドレーヌを……アルモニーの教会に寄付していたか？」

「はい。子供たちが喜んでくれるので……最初は町のクーヘンを買っていったりしていたのですが」

「そうか。私も、そうだ」

「え？」

「アルモニーの教会で話をするとき、神父がいつもこのマドレーヌを出してくれた。私はいつしかこのマドレーヌの虜になってしまっていて……久しぶりに食べて、やはり、美味しいと思った」

ラファエルの告白に、ヴィオレットは嬉しそうに微笑む。

「ありがとうございます。ラファエルに食べていただいていたなんて、なんだか嬉しいです」

にこにこと微笑んでいる彼女に対して、ラファエルがぎこちなく微笑むと、ヴィオレットは笑った。

「今日は本当にお疲れのようですね、早くお食べになって、身体を休ませてください」

「笑ったのに、お疲れとはどういう意味だ」

憮然《ぶぜん》として言うと、ヴィオレットはまた笑う。

「だって、いつもと微笑み方が違いますもの。普段のラファエルの笑い方は作っているのが自然なのに、今はぎこちなくて」

「作っているとは失礼だな」

「作っていないのならいいですよ？　ただ、わかりにくいので……ラファエルは、楽しいとか、嬉しいとか、思っているのかと感じてしまいます」

「あまり、意識したことがないな」

「そうですか」

だけど今は、彼女と微笑み合えて、なんだか楽しいように思えていた。

「今は、楽しいかもしれない。君が傍にいて、笑ってくれているから」

「……ラファエル、私はいつも笑っているつもりですよ。だって、好きな人と一緒にいるんですもの」

「……好き、か」

それがどういったものなのか、やはりラファエルにはわかりにくかった。

「私、アルモニーの教会であなたのお姿を拝見したときから、ずっと……好きでした」

思いも寄らないようなことを彼女が言い出したので、ラファエルは驚かされた。

「好き？　話をしたこともない相手をか？」

「で、ですから、実際にお話をしてみて、印象が違ったと、言ったではないですか！」

頬を赤らめるヴィオレットが愛らしくて、彼は笑う。

「そうか。印象が違ったというのは、幻滅したという意味でもあるのだろうな」

「はっきり物事をおっしゃるから、驚いただけです……ラファエルに幻滅なんかしていませんし
「ふぅん……」

紫の切れ長の瞳を細めると、なぜかヴィオレットの耳朶が真っ赤になった。

「あと、凄く意地悪だなって、思います」

「さきほどは優しいと言ってくれたのにな」

「……そういうことを言ってしまうのが、意地悪だと言うのです」

「難しいな。わからない」

食べかけのマドレーヌを口に運んで、その味に口許を綻《ほころ》ばせるとヴィオレットが微笑んだ。

久しぶりに食べたからという理由だけでは済まされない味わいがあるように、ラファエルに

は思えていた。

❀❀❀

その後、戴冠式までの数日はあっという間に過ぎていった。

ラファエルが公務を休んでいる間は、クレマンが代行できることはこなし、ラファエルでないとできない事柄に関しては、戴冠式後まで延ばした。

そして——戴冠式当日。

「……少し調整が必要だな」

クレマンが作成したリストに目を通しながらラファエルが言う。

「そうですねぇ……ですが、謁見のお申し出を受けるとなると、スケジュールは詰め込んだ感じになってしまいます」

「私は大丈夫ですよ、ラファエル」

戴冠式用の衣装に身を包んだヴィオレットが彼に告げる。

深紅のベルベットと毛皮でできたローブを、金糸銀糸の刺繍が豪奢なドレスのうえに羽織った姿は、頭上に煌《きら》めく王冠がなくても女王としての威厳があった。

「……しかしながら陛下、ご公務に関しましては、あまり増やされますとお身体に障《さわ》るのでは」

ヴィオレットの世話役のレイナルドが話の流れを遮るように述べてくる。

口を開きかけたラファエルよりも先に、ヴィオレットは微笑み、返事をした。

「心配には及ばないわ。あなたもご存じのように、公務をしなくても、私は部屋でおとなしくしているわけではないのだから。それに戴冠式が終わったからといって、私があれこれ口出しをするわけでもありません。少なくとも、ご挨拶に来てくださる方々に、女王である私がお逢いしないのは失礼だと思うのだけれど。どうかしら？　レイナルド」

「……それは、おっしゃるとおりですが」

「意見が同じで嬉しいわ」

にこにこと微笑まれてしまうと、レイナルドはそれ以上何も言えなくなった。

実際、レイナルドがどのような思惑でいるのかはヴィオレットにはわからない。モンクテイエ家と勢力関係で対立しているローニヨン家の彼が、ヴィオレットが宮殿内を歩きまわることを許していたのは、公務をしない単なる娘だったからなのかもしれない。

(実際に私は、こんな大仰な衣装を着ていても、貴族の娘として育ったわけではない)

宮廷内の力関係の知識は皆無だったし、当事者であるラファエルには聞けない話だったから、宮廷入りが早かったというラファエルの兄、エドゥアールのところに足繁く通った。

結果的には、宮廷内の話も聞けたが、それ以上にラファエルのさまざまな話を聞くこともできた。

モンクティエ家がどういう家で、どういう歴史があって、そしてどれだけ王族に対しての執着心が強いか。

（だから、私がつまずくわけにはいかない）

ヴィオレット自身は地位や名誉には興味がなかったけれど、平和や安定の世界を継続し続けたいという気持ちはあった。

優しい国王の誕生を、自分も望んだことだったのだから。

（お父様が、守ってきた――この国を、守らなければ。私が……継いで。皆が幸せでいられるように）

裾が七メートル近くあるローブの重量が、そのまま重圧に感じられて、ヴィオレットの額に汗が浮く。

「大丈夫か？　ヴィオレット」

絹のハンカチが優しく彼女の額に触れる。

視線をあげれば、ハンカチを手にしているのはラファエルだった。

「大丈夫です」

弱音は吐けない。レイナルドが見ている。

（大丈夫、だいじょうぶ……私は、弱くない）

ラファエルに見守られていることを感じながら、ヴィオレットは胸に手を置き暗示をかけるように、何度も心の中で呟いた。

「ヴィオレット」

「だ、大丈夫です」

「口の中を湿らす程度でもかまわない。飲んでおきなさい」

「え？」

ラファエルに視線を向けると、彼は水が注がれているグラスを持っていた。

ほんのりと青い色の水――グラスの中には菫の砂糖漬けが入っている。

「……ありがとうございます」

ヴィオレットは少しだけ飲んで、渇きを癒す。

「今日はこのあと式典もあって大変だと思うが、君の傍には私がいるから……何かあればこの命をかけても必ず助ける」

大仰な言い方ではあったが、アンブルシエール王国の王配となったものは、アンブルシエール王国軍の最高位である大元帥の称号を与えられる。

これは実際に軍の指揮をしたりするわけではなく、女王に最も近しい夫が妻を守るために与えられるものだった。

戴冠式ではヴィオレットに大司教から王冠が授けられ、正式に女王となったヴィオレットからラファエルに対して、元帥杖《じょう》が授与される。青の元帥杖は五芒星《ごぼうせい》の装飾がいくつもあり、金の五芒星にはダイヤが埋め込まれているものだ。

（……命は、かけて欲しくない）

おそらくこれから先も、国を動かしていくのはラファエルだ。

彼の正直すぎる性格や、誠実さを考えれば、国家として欠かせない存在であると思えた。

頭脳がエドゥアールより劣るといっても、それは比べる相手が天才だからであって、ラファエルも聡《さと》い人なのだ。一度体調が悪くなってからは、クレマンが傍付きになってラファエルの仕事を補助するようになったが、それまではすべてひとりでこなしていたくらいなのだから。

もしも何かあったとき、失ってこの国にダメージが大きいのはラファエルのほうであって、自分ではない。そうヴィオレットは考えていた。

「まぁまぁ、あまり大袈裟にお話しにならなくても、国をあげてのパーティのようなものなんですから、もっと気楽に楽しみましょうよ。今日はたくさんのスイーツが振る舞われるようなので、楽しみです。さぁ、陛下、いつものように楽しそうに笑っていてください。あなたの微笑みは国民を魅了することでしょう」

のほほんとした口調でクレマンがヴィオレットに告げるのを、ラファエルは面白くなさそうな表情で見ている。

「クレマン、君はいったい誰の傍付きなんだ？」

「あなたが言わないから、代弁しているまでです」

「……私は君のように饒舌ではない」

代弁していると言われたのも面白くないのか、ラファエルは溜息をついた。

「そろそろお時間です。戴冠式の間へ参りましょう」

レイナルドがきわめて冷静にヴィオレットに告げると、彼女は静かに頷いた。

ローブの裾を数人の侍女が持ちあげたのを確認して、ヴィオレットはゆっくりと歩き始める。そのあとに続くようにしてラファエルが歩き、その後ろをレイナルド、クレマン、アリスティドの順で続いた。

戴冠式の間では、すでに大勢の貴族や、招待された他国の来賓《らいひん》が控えていた。ざわついていた室内が、ヴィオレットの登場でしんと静まる。

女王のローブを羽織り、悠然と大司教のもとへ歩いていく少女の姿を、皆が固唾《かたず》をのんで見守っていた。

そんな人々の様子がヴィオレットにも伝わってきて、額に汗が滲んだ。大勢人がいることを認識してしまえば、目が回って倒れてしまいそうだったから、意識を目前にいる大司教に集中させる。

五角形のミトラを被った大司教のもとにようやく辿り着き、濃紺のベルベットに金糸の刺繍がされている大きなクッションの上でヴィオレットは跪いた。

「この者の汚れなき聖なる資質に対し、神の御前での戴冠の儀をもって、我はこの者に宣言する。アンブルシエール女王、ヴィオレット」

前国王のヴァレリアンが見守る中、彼女の頭上に女王の冠が被せられた。そして黄金に輝く王笏《おうしやく》と宝珠を持たされれば、ヴィオレットの即位の儀式が完了する。

その後すぐに結婚の儀式が執り行われ、女王であるヴィオレットからラファエルに青の元帥杖が渡された。これで、彼が女王の王配であることが教会から認められたこととなる。

元帥杖と揃えるように、青のローブに身を包んだラファエルの姿はヴィオレットでなくても、見とれるほど神々しい美しさがあった。

（……これで……彼の願うもののひとつを、叶えたことになるのね……）

ヴィオレットはそれとなく息を吐いた。白磁のように白い肌にはうっすらと汗が滲んでいる。気を許せば倒れてしまいそうだ……と感じていた。

だが、絶対に倒れるわけにはいけないし、そんな素振りも見せられない。自分が表舞台に出ることを快く思っていないレイナルドに、反対される要因を作ってはいけないのだからとヴィオレットは考えていた。

どうにか式典が終わるまで持ちこたえて、祝賀のパレードのため、ローブを毛皮が裏打ちされていないものに替えてもらうと、軽くなった分だけ楽になった。

「大丈夫か？　ヴィオレット」

白い馬が引く馬車に乗り込むと、ラファエルが気遣わしげに声をかけてくる。

「だ、大丈夫です」

「……パレードが終わったら、その後はエテルネル宮殿でパーティが行われる。大広間に向かうときに少しの時間、休むことができる。何か口にしたいものはあるか？」

「では……お言葉に甘えさせて、菫のシャーベットをいただきたいです」

「わかった。準備させよう」

彼は馬車の小窓を開けて御者《ぎょしゃ》に向かってシャーベットの話をしている。

あと少しの辛抱だ。ヴィオレットは滲む汗をハンカチで拭った。

「……あぁ、ありがとう。もらおうか」

ラファエルがそんな返事をすると、馬車の扉が開き、侍女が銀色のトレーをラファエルに差し出した。

トレーの上には白磁の器に入ったシャーベットが載せられている。

「ノーラン長官から、君に……だそうだ」

「ノーラン長官が？」

小さな銀のスプーンと共にラファエルから受け取ると、ヴィオレットはひと掬《すく》いして口に運んだ。

菫の花の香りと甘さが口の中に広がる。そして氷菓の冷たさに熱っぽさがすっと抜けていくようだった。

「……あぁ、美味しいわ」

ヴィオレットが口許を綻ばせると、ラファエルは少しだけ眉をつりあげた。

「どうかしましたか？」

「いいや。何も」

一口だけ食べたあと、ヴィオレットはラファエルに器を戻した。

「もういいのか？」

「はい、あまり食べすぎても、今日は……体調が悪くなってしまいそうなので、このくらいにしておきます」

侍女に器を下げさせると、馬車の扉は閉まりゆっくりと動き始めた。

窓から外を見れば、沿道には大勢の国民が集まっていて、皆、馬車に向かって手を振っている。そしてある者はたくさんの花びらを馬車に向けて投げていた。

ひらひらと舞い散る花びらの様子は美しくて、ヴィオレットは笑う。

「なんて綺麗《きれい》なの」

「君の即位を、歓迎しているようだな」

新女王の誕生と結婚に、国中が歓喜にわいた一日になった——。

パレードが終わり、エテルネル宮殿の大広間では夜通しで結婚を祝うパーティが続いた。招待客にはたくさんのスイーツが振る舞われ、菫の花をかたどった砂糖菓子がちりばめられた美しい造形のウエディングケーキもその中のひとつで、切り分けられて招待客に配られた。

「お父様、お身体の具合は大丈夫ですか？」

朝から続く儀式やパーティに、ヴァレリアンは出席し続けた。

椅子に腰掛けているヴァレリアンの傍に歩み寄り、ヴィオレットは声をかけて彼を気遣った。

「あぁ、大丈夫だ……最近はとても気分がいいのだよ」

ヴァレリアンも招待客と同じように、菫の花のウエディングケーキを食べている。切り分けられたケーキの片隅に載っている菫の花を懐かしそうに見つめていた。エルミーヌのことを思い出しているのだろうか。

「ヴィオレットも疲れているだろう……少し、座っていきなさい」

「……ですが……」

「今後……私が公的な場所に出られることはあまりないだろう。おまえにとっては頼りない父であったが、前国王としての権威は落ちていないと思っている」

それは、ふたりが親子として仲がよい様子を見せつけるという意味だろうか。

「わかりましたわ。お父様」

ヴィオレットはヴァレリアンの隣の席に座り、ひとときの会話を楽しむと共に、休息を取った。

「……ところで、ラファエルの姿が見えぬようだが」

「私が、あまり動きまわれないので、代わりに来賓の皆様のお相手をしてくださっているのです」

「そうか」

「こちらにお戻りになられたら、私、是非ご挨拶させていただきたい方がおりますの」

「ん？　どなたかな？」

「はい、デルニエール王国のサリム殿下とリザ妃殿下です……軽く挨拶はさせていただいてはおりますが、色々とお話がしてみたいのです」

「デルニエール王国に興味があるのか？」

ヴィオレットは頷いて、理由を語り始める。

「デルニエール王国は、テンサイの栽培に力を入れていると聞きました。ここ数十年の間で生産量がかなり増えて製糖工場もあるそうなので……」

アンブルシエール王国では、砂糖は輸入に頼っている状況だった。しかも、遠方の熱帯の国であるケントルム王国からサトウキビで作られた砂糖を輸入しているため、輸送コストはかなりのものだった。

砂糖の価格を抑えたくても、高値にならざるを得ない状況だったのだ。それをなんとかできないかと考えていたところ、デルニエール王国が砂糖の生産に力を入れている話を入手した。

デルニエール王国であれば、ケントルム王国よりは遥《はる》かに近い。

「ほう。よく知っているな」

感心したようにヴァレリアンは言う。

こういった事情をヴィオレットが知っているのは、貿易商を営むラザルス家にいたからである。

「なかなか興味深い話だな、私もその話を聞いてみたいものだ。ラファエルが戻り次第、私も同席させてもらおう」

「恐れ入りますが、ヴァレリアン殿下」

それまでずっと黙って傍にいたレイナルドが、声をかけてくる。

「ん？　どうしたレイナルド。述べよ」

「ありがとうございます。ラファエル殿下は、当分こちらにはお戻りになられないと思います。ベアトリス王女のお相手をされているので」

「……ベアトリス王女のお相手？」

レイナルドの物言いに引っかかりを覚えた。何かふたりの親密さを匂《にお》わせるような感じがして、ヴィオレットの感情が揺らされる。

「……困った妹ですすまぬな、ヴィオレット。あれにとってのラファエルは兄のようなもので、実際結婚の式典が行われて、寂しさのため無理強いをして引き留めているのだろう」

「……兄、ですか」

「両親は早くに亡くなり、実の兄の私は公務で忙しかったし、彼女の姉は早くに他国へと嫁いでしまったから、世話役であったラファエルを随分と慕っていたのだよ」

「世話役？　あぁ、そうだったのですか」

エドゥアールからその話は聞いていなかった。勢力争いの話をする中で、ラファエルが多大なる努力のうえで今の地位までのぼり詰めたという話は聞いていたが、そのときの彼は言葉を選ぶように話をしていた――。

どうしてエドゥアールは、ラファエルがベアトリス王女の世話役だった話をしてくれなかったのだろう。

――考えるまでもないような気がした。

「……ラファエルが戻ってきそうにもないというのなら仕方あるまい。レイナルド、サリムている。

殿下とリザ妃殿下と話ができるよう頼む」

「かしこまりました。ヴァレリアン殿下」

恭しく頭を下げてから、レイナルドは会談の場を設けるべくその場を離れた。

思わずヴィオレットの口から溜息が漏れた。

ダイヤと真珠で作ったパリュールのティアラが、彼女の頭上で王冠の代わりに目映《まばゆ》く輝いている。

パリュールとはティアラ、ネックレス、ブレスレット、イヤリングなどのジュエリーのセットのことであったが、女王として表舞台に出たときに恥ずかしくないようにと、アンブルシエール王国一の宝石細工師にラファエルが作らせたものだ。

当然高価なものであるから、次々と宝石細工師にデザインさせては発注する彼に対して、たくさんはいらないと話をしたのだが、パリュールを身につけることは貴族の女性には絶対不可欠だと教えられた。

女王として――自分ができることといえば、政務全般を任せているラファエルの隣で権力の象徴として座っているだけなのに、高価なパリュールが必要なのは心苦しかった。

(……何も、できないのに……それどころか、私が)

「ヴァレリアン殿下、隣の間に準備が整いました。移動をお願いできますでしょうか」

「あぁ、わかった」

杖を持って椅子から立ち上がったヴァレリアンと共に、ヴィオレットはデルニエール王国の王子サリムと妃のリザが待つ部屋へと移動した。

「ヴィオレット陛下、このたびはご即位とご結婚、誠におめでとうございます」

第一声、サリムがそう言って、ヴィオレットを祝福した。

「ありがとうございますサリム殿下。遠いところからリザ妃殿下と共にいらしてくださいまして、感謝いたします。お疲れではありませんか？」

「お気遣いありがとうございます。私たちは、各国を見てまわることが多いので、旅慣れております」

「そうでしたか」

サリムは微笑み、次にヴァレリアンに話しかける。

「ヴァレリアン殿下は、体調のほうはいかがでしょうか」

「可愛い娘の晴れ舞台であるせいか、不思議なことに今日はとても体調がいいのだよ」

笑顔のヴァレリアンに対して、サリムは恭しく頷いた。

「本日は、こうしてヴィオレット陛下ならびに、ヴァレリアン殿下と会談させていただく機会を設けていただけたことを光栄に思います。ヴィオレット陛下には謁見の申し出をさせていただいておりましたが、まさかヴァレリアン殿下ともお逢いできるとは……体調が思わしくないと聞いて、遠い場所より、ヴァレリアン殿下に何かお役に立てることはないかと考えていた次第です」

「ほう、随分ストレートにものを申すのだな」

ヴァレリアンの受け答えに、ヴィオレットには今のサリムの言葉で、何が彼にそう思わせたのかがわからなかった。

「恐れ入ります。ヴァレリアン殿下の体調を思えば、この会談も長時間はとっていただけないかと思いましたので」

「いいだろう。話を聞かせてもらおうか」

「ありがとうございます。実は、我がデルニエール王国の砂糖の輸出の件で話をさせていただければと思います」

「我が国とも取引をしたいということだな?」

「さようでございます。近年、我が国もテンサイの栽培や精糖技術の向上により、近隣諸国に輸出ができるほどになりました。そこで砂糖の消費量が多いアンブルシエール王国にも我が国の砂糖を使っていただきたいと願う次第でございます」

「実は、私の娘がデルニエール王国の砂糖に興味を持っておってな。それで、こうした席を設けさせていただいたのだ」

「光栄でございます。ヴィオレット陛下」

「あ……、は、はい」

ヴィオレットは息をのむ。女王となった立場の自分が口を開いて過度に相手に期待を持たせてはいけない。

ゆくゆくは輸入のことも含めて考えていければと思ってはいたが、今日のところはテンサイの話を聞ければいいだけだったので、困ってしまった。

父が同席しているからうまく話が進めば……とも思うのだが、何より砂糖の話をラファエルに相談していなかった。

(だから……同席していただきたかったのだけど……でも、彼は今……ベアトリス王女の傍にいて……)

黙ってしまったヴィオレットに対し、サリムのほうからテンサイの話をし始めた。

「今回の式典に出席し、とてもたくさんのお菓子を食べさせていただきました。どのお菓子もとても美味しく、ウエディングケーキの造形は圧巻の美しさがありました。ただ、サトウキビで作られる砂糖と、我が国で作っているテンサイの砂糖とでは、少々味や効能が変わってきます」

「ふむ……味が違うとな」

「はい、僭越《せんえつ》ながら、サンプルとしてテンサイ糖をお持ちしておりますが、受け取っていただけますでしょうか」

「娘の結婚祝いであるならいただこう」

堂々たる態度で物申すヴァレリアンに、サリムはにっこりと微笑んだ。

「ありがとうございます」

差し出された小さな小箱を開けると、茶色のテンサイ糖が入っていた。

「色が違うのだな」

「そうですね……色がある分、宮廷菓子に使うには万能ではないのですが、テンサイ糖にはミネラルが含まれているので、効能面での期待はできるかと思います」

「……味に関してはどうであろう？」

用意された小さな銀のスプーンで少量掬い取って、口に運んだヴァレリアンが首を傾げた。

ヴィオレットも食べてはみたが、日ごろ、砂糖をそのまま食することがなかったためわかりかねた。お菓子作りはするけれど、彼女は砂糖の味をわざわざ確認したりはしない。

ヴァレリアンはレイナルドに視線を向けて、宮廷菓子部門の長官であるノーランをこの場に呼ぶよう命じた。

ほどなくして白いアビに身を包んだノーランがやってくる。

「忙しいところすまぬな。さっそくだが、ここにあるデルニエール王国で作られたテンサイ糖を味わってみて欲しい」

「テンサイ糖でございますか」

茶色に輝く瞳を小箱に入ったテンサイ糖に向けて、ノーランは命じられたまま、銀のスプーンで少量掬い取ると口に運んだ。

「ケントルム王国の砂糖と比べてどうだろう？」

「そうですね……味には遜色なく、むしろ、こちらのほうがやや上品に思われます」

「宮廷菓子として使うのはどうか？」

「……色があるので、それがどのくらい出来ばえに影響してくるのかがわかりかねますので、判断が難しいところではありますが……使い分けはできるのではないかと思われます。クッキーやフィナンシエ、マドレーヌなどに使う、というように……」

「ふむ。そうか……味に問題がないのであれば、サリム殿下とはもっと煮詰めた話をしていきたい。どれくらい輸出できるのか、安定供給できるのか、あとは価格面だが……それはおいおいしていくとして、サリム殿下には弟君はおられるのかな？」

突然の質問に、サリムは一瞬驚いたような表情をしたが、すぐに微笑む。

「はい、今年二十二歳になるスティードという名の弟がおります。私が動きまわりたい性分でございまして、彼が国に留《とど》まり、今は父王の片腕となるべく政務に励んでおります。勤勉で少々堅すぎる分、浮いた話がないのが頭の痛い話でございまして、兄としては早く結婚してもらいたいのですが」

「なるほどいい話であるな」

ヴァレリアンは微笑む。彼らが何を言わんとしているのかがヴィオレットにはわからなかったが、レイナルドが面白くなさそうな表情でいるのが気になった。

「デルニエール王国のテンサイ糖を輸入する件はとてもいい話だと私は思う。できれば、デルニエール王国との関係を密なものにしていくことを望みたい」

ヴァレリアンの宣言とも取れる言葉に対して、サリムは頷き返事をする。

「まことに光栄な話でございます。具体的なお話をしていただけませんでしょうか」

「私の妹であるベアトリスと、スティード殿下との結婚を考えていただきたい」

「かしこまりました。取り急ぎこのありがたくも光栄なお申し出を、本国に早馬を出して伝えます。父王も喜ぶことでしょう。ベアトリス王女とは面識がございまして、大変教養豊かで美しい、スティードにはもったいないくらいのお方だとお見受けしております」

突然降ってわいたような結婚話であるのに、今すぐにでも決まってしまいそうな話の流れにヴィオレットだけが動揺していた。

「お、お父様、あの」

「もともと、早く結婚させなければならぬと考えていたのだ。思いつきで話しているわけではないよ、ヴィオレット」

「……それは、はい……」

「よいお相手が見つからず、どうすべきか考えあぐねていたところだった」

「良縁となりますよう」

サリムもすっかり結婚の申し出を受けるような口ぶりだった。

当事者がいない席で決まっていく結婚話にヴィオレットが心を痛めていると、ヴァレリアンが声をかけてくる。

「気にするではない。おまえだってそうだっただろう。王族の結婚とはこういったものなのだ」

とはいえ、ヴィオレットにはラファエルとベアトリス王女との関係を疑う気持ちがあったため、内心穏やかではなかった。

もしも自分が、デルニエール王国のサリムと話がしたいと言い出さなければ、出てこなかった結婚話だ。なんとか、もう少し考えてはもらえないかとヴィオレットが口を開きかけた瞬間、それまで黙っていたリザが話しかけてきた。

「ヴァレリアン殿下のおっしゃりようですと、ヴィオレット陛下とラファエル殿下は恋愛結婚ではございませんでしたの？」

「リザ、突然失礼だぞ」

「申し訳ありません、ですが、とても仲睦まじいご様子だったから……」

レースの扇を開いて口許を隠し恐縮するリザの様子を見て、ヴァレリアンは微笑んだ。

「私がふたりの結婚を一存で決めました」

「まぁ、そうでしたの」

コンコンと扉が叩かれる音がして、ヴァレリアンが入室を許可すると、ラファエルが姿を現した。

「大変遅くなり、申し訳ありませんでした。サリム殿下、リザ妃殿下」

「ちょうど今、ラファエル殿下のお話をしていたところですの」

キラキラと青い瞳を輝かせて告げるリザをサリムがたしなめ、彼女はまた恐縮したようにしゅんとしてしまう。

「そうでしたか……よいお話であればいいのですが」

ラファエルが微笑むと、リザは頬を赤らめた。

「ベアトリス王女のお相手はもう済んだのですか？　いつもであれば長時間姿を消していたというのに」

何かを含む物言いをレイナルドがする。それに対してラファエルは動じる様子も見せずに返事をした。

「陛下が会談をされているのに、私がいつまでも自国の王女の相手をし続けるのはおかしな話であるし、過去の話を引き合いに出されるのであれば、私はベアトリス王女の世話役であったのだから、呼ばれずともお傍にい続けるのは至極当然のこと」

「ベアトリス王女の世話役から、ヴァリアン殿下の傍付きに変わっても〝仲睦まじい〟様子に見えましたがね」

「……確か、私の後任は君の一族から選出されていたように記憶しているが……ローニヨン家の人間の働きが不十分であったから、ベアトリス王女が前任である私をいつまでも頼らざるを得なかった、とは思わないのかな」

「あ、あなたは世話役だった身分を利用して、ベアトリス王女に対し、必要以上に近づいていたように見えましたが？」

「君の物言いだと、世話役であれば仕える相手に必要以上に近づくことも可能であるように聞こえるが、君は陛下に対して不埒《ふらち》な感情を抱いているのか」

「え？　な、何を言うかっ、私は、陛下に対してそのような……」

話を持ちかけたのはレイナルドであったのに、彼はラファエルの切り返しに動揺の色を見せていた。

「結構。もし何かあるようであれば、不敬罪で君を処罰する必要がある。陛下は私の妻なのだから、忘れるな」

「――何も、思ってはいないと申し上げている」

「そうかな？　陛下ほど愛らしく、可愛らしい女性はふたりといない。君が何かしらの感情を持つのは自由だが、手出しをするようであれば」

「ラファエル、着席を」

ヴァレリアンが微笑みながら告げると、ラファエルは話をやめてすみやかに着席した。

相変わらず口調は淡々として表情もさほど変わらず、何を考えているのかわかりにくかったから、褒めるような言葉を告げられたはずのヴィオレットは不安になった。彼は、どこまで本当のことを話しているのだろうか——と。

一方、リザはラファエルに対してたいそう感心した様子でいる。

「素晴らしいですわ、この国の大元帥という地位が女王を守るためのものというのもロマンチックですし、結婚の儀式でヴィオレット陛下がラファエル殿下に元帥杖を渡された場面には、とても感動いたしました」

「リザ、もう、よしなさい。本当に申し訳ありません。視察で行った国で見たオペラの演目に感化されてしまっていて、どうにも立場をわきまえず意識が飛んでしまうようで」

謝罪するサリムに、ヴァレリアンは笑った。

「ほう、オペラですか」

「はい、町と宮殿内に大きな劇場がございまして、町で上演されて評判のよかった演目が宮殿内の劇場でも上演される仕組みになっておりました。私共は宮殿内の劇場で拝見しましたが、とても素晴らしかったです」

「宮殿内に劇場とは興味深い」

ヴァレリアンが感心したように述べると、サリムは頷いた。

「先々代の国王が、たいそうオペラ好きだったようで、初めはお忍びで劇場まで足を運んでいたのですがそれが難しくなり、宮殿内に劇場を作ったそうです。それでも、新作が上演されるとふらっとお忍びで行ってしまうと、当時の臣下が嘆いていたそうです。ですが、国王がそうされたのも頷けるほど、素晴らしかったです。あちらの国では音楽や芸術に非常に力を入れていて、誰でも学べるよう芸術学校を設立しておりました」

「……誰でも学べる……というのは」

ヴィオレットはその部分が琴線に触れて、思わず問いかけてしまう。

「はい、第三階級の中で、貧困が理由で学べない子供たちが、きちんと学べる環境を提供するのが目的の学校でございました」

「なんて素晴らしいの」

その国を見てみたいとヴィオレットは思ったが、叶わぬことはわかっていた。

「デルニエール王国の隣の国でございますので、スティードとベアトリス王女の結婚が決まれば、スティードと共にベアトリス王女にも視察で足をお運びいただくことは可能です。ベアトリス王女に見ていただくことで、アンブルシエール王国にとって有益に働くのではないでしょうか」

「益々、よい話であるな」

ヴァレリアンは笑っていたが、話を聞いていたラファエルは黙っている。

彼がどう思っているのかわからなくて、ヴィオレットは俯いた。

「ヴィオレット陛下のお顔の色が悪いようですが……少し、お休みになられたほうがよろしいのでは」

気にかけるようにサリムが話しかけてきた。

「そうだな、サリム殿下のお気遣いに感謝する。本日はさまざまな話を聞かせていただき、大変ためになった。今後とも、デルニエール王国とよい関係を築きあげていきたいと願っております」

「こちらこそ、ありがとうございました。ヴァレリアン殿下も何卒《なにとぞ》、お身体にお気をつけて」

こうして、デルニエール王国との会談は終わった。

「パーティはまだまだ続くが、私は休ませてもらう。おまえたちも、もう今夜は休みなさい」

「……お父様、ありがとうございました」

「ゆっくり休め。ラファエル、ヴィオレットをよろしく頼む」

「かしこまりました」

「大元帥の名に負けぬ働きに期待をしている」

「承知しました」

ヴァレリアンは、ふっと息を吐いてから笑った。

「大元帥……か。私はおまえをうらやましく思う」

突然の感情の吐露に、ラファエルは一瞬戸惑いの表情を見せる。

「私は結局、エルミーヌも、アナイスも、守ってやることができなかったのだからな」

「……おふたりとも、病死だと聞いておりますが」

「きちんと愛してやれなかったことが不甲斐ないと、言っているのだよ」

ヴァレリアンはラファエルに背中を向け、侍女数名につき添われて会談の間をあとにした。

ヴァレリアンを見送ってから、ふたりもそれぞれの部屋へ戻った。


一日の汗を流すためシャワーを使い、その後たっぷりと湯が入ったバスタブにヴィオレットは身を沈める。

長い一日だった。一日中気を張っていたから心身共に疲れ切っていた。

一番堪《こた》えたのは、ベアトリスのことだ。

(誰も……教えてくれなかった)

これまでエドゥアールやノーランやクレマンから、王女の世話役だったのがラファエルだったという話がされなかったのは、不自然だと思えてしまう。つまり、彼らはヴィオレットに気を遣って話さなかった、ということになる。

ラファエルは否定したように見えたが、レイナルドの口ぶりではラファエルとベアトリスは恋人同士だったのではないかと容易に想像ができる。

ことの発端であるレイナルドに聞けば、彼は嬉々として教えてくれそうだけれど、今はクレマンやアリスティドと共に、パーティ会場で来賓の接客に当たっている。

(私が被った王冠は、本当に私が被るべきものだったの？)

聖なる資質など、自分にあるのだろうか？　戴冠式のときに大司教が述べた祈禱《きとう》がよみがえる。資質の話はラファエルも、ヴィオレットのほうが相応しいような言い方はしていたけれど——。

いつものように薔薇水を飲み、エドゥアールの調合した薬が入ったチョコレートを食べる。

(……今日は、なさるのかしら)

ラファエルの体調が悪くなって、クレマンが傍付きになってからは、共にベッドで寝ても子を作る行為はしなかった。

戴冠式までは体調が悪くなってはいけないからゆっくり寝よう、という理由で。

もともと〝しなければいけないこと〟だったのだから、戴冠式が済んだ今、しなくていい理由はもうない。

バスルームから出て、薄手の寝間着に着替えさせられたが、すぐに寝室に行くような気分ではなかった。

「……いかがなされましたか？」

いつまでも寝室へ向かおうとしないヴィオレットを、侍女が心配して聞いてくる。今夜はラヴァンドの間にいる侍女は彼女ひとりだった。大勢の来賓に対応するため、部屋付きの侍女たちも今夜ばかりは別のところで働いているのだ。

「……少し、具合がよくなくて」

「まぁ！　お疲れのせいでしょうか……エドゥアール様のところに行ってお薬をいただいてきますか？　それとも侍従医をお呼びしましょうか？」

「……ありがとう、ちょっと疲れただけだと思うから、エドゥアール長官のお薬でいいわ」

侍女が部屋を出ていくと同時に花火の音が聞こえた。

ヴィオレットはよろよろとおぼつかない足取りで窓の傍まで歩み寄り、夜空に打ちあがる大きな花火を見つめた。

（お祝いの、花火……か。お父様も、ご自分の戴冠式のときにご覧になったのかしら）

あるいは結婚の儀式のときに？

（お母様との結婚を諦めて……アナイス王妃と結婚されて……お父様はどんなお気持ちで花火をご覧になったのかしら……）

愛する人が他にいるのに別の人と結婚しなければいけなかったヴァレリアンの境遇が、ラファエルと重なっているように思えて、ヴィオレットは堪らない気持ちになってしまう。

涙が零れそうになって、慌てて花火から目を逸らすと、壁布が張り巡らされている壁の一部に切れ込みが入っていることに気がつく。

普段は大勢侍女が部屋にいたため気がつかなかった。

(何かしら)

切れ込みがある壁に手を置くとその場所が少し動いた。思い切って、力一杯壁を押すと、壁の向こうには通路があった。

(……隠し通路?)

ヴィオレットは息をのみ、通路に出た。いったいどこに繋がっているのだろう? 薄暗い通路を歩いていくと階段が見えた。

下りることを一瞬ためらったが、ヴィオレットは階段を一歩一歩下りていった。

このまま下りていったら、外に出られるのだろうか。外に出られるとしたら、どうするべきか結論が出ないまま、ヴィオレットが辿り着いた場所は何もない小さな部屋で、薄暗い中で目を凝らすと扉があった。扉の前まで歩み寄り、扉についている小窓を、背伸びをして見てみれば、外に出られる扉なのだと確認することができた。

ドアノブに視線を落とし、ヴィオレットは溜息をついてから後ろに下がった。

(ここから出て……それから……どうしよう)

自分が消えたら、ベアトリスはデルニエール王国のスティード王子と結婚しないで済むのだろうか。

いなくなれば——彼女が女王になり、ラファエルと結婚するのだろうか。

（……そうすれば、ラファエルは喜ぶのかしら……）

壁に寄りかかり、ヴィオレットはしゃがみ込んだ。祝福の花火はいったい誰のためのものなのだろう。

（結婚の儀式のあとでも……ラファエルを呼んで自分の傍に置きたいと思うほど、ベアトリス王女はラファエルを想っていらっしゃる……それなのに、私の、せいで）

堪えきれず涙があふれた。

泣いては駄目だ。泣いてしまえば心が弱くなる。立ちあがれなくなる。わかっていても涙が止まらなかった。

——と、そのとき。階段を駆け下りてくる足音が聞こえた。その人物が小部屋に辿り着くのはすぐで、室内がランプの明かりで明るくなった。

「ヴィオレット……」

ランプを持っていたのはラファエルだった。珍しく気が動転しているような表情をしているように思えたが、すぐに景色が涙でぼやけて見えなくなる。

「こんな寒いところにいたら、身体を悪くする。上に戻ろう」

ヴィオレットが首を横に振ると、彼は戸惑いの表情を浮かべた。

「どうし……て？」

「動けないの……」

膝を抱えて俯いてしまった彼女の傍に歩み寄って膝を突き、ラファエルはその原因について問いかけた。

「足を挫《くじ》いてしまったか？」

「……違うの」

「じゃあ、どうして？」

彼の手がそっとヴィオレットの肩に触れ、肩から腕を何度かさすった。優しく撫でられれば涙が余計に止まらなくなってしまう。

「わ、私……ごめん、なさい」

「どうして、謝る？」

「私の、せいで……」

「ん？」

その後は泣きじゃくってしまって言葉にならなかった。

彼の前で声をあげて泣いてしまうのも、弱さを見せてしまうのも、許されていないのに止められなかった。

「どうした？　君が謝らなければいけないことは、何もないよ」

ふいに温《ぬく》もりを感じ、彼の腕の中へと引き込まれた。

失いたくないと強く願ってしまう温もりに、ヴィオレットは縋るようにして彼を抱きしめ返した。

ああ、彼が愛しい。ずっとこの腕の中にいたい。想えば想うほど、胸が痛み、自分だけが幸せで、そんなことが許されるのか？　と思い知らされてしまう。

「……すまなかったな……君が休めるようにと私が動きまわってしまったせいで、結果的に君の傍を離れてしまう時間のほうが増えてしまった。大元帥の名が泣くというものだ」

ヴィオレットは大きく首を左右に振る。

それこそ、彼が謝る必要のないことだ。自分は座らせてもらっている時間が長かったけれど、ラファエルは座る時間がないほど来賓の対応に追われていたのだから。

「疲れてしまったか？　慣れないことを延々とさせられて」

再び首を振ると、ラファエルは頭を撫でてきた。

「今日の君は、とても立派だった……素晴らしかったよ」

彼の賛辞は嬉しかったが、素直に聞くことはできなかった。

「でも……私がいたせいで……何もかも、壊して……しまった」

「何を壊したと思っている？」

ひくっとヴィオレットが再びしゃくりあげると、ラファエルが笑った。

「君の泣き方は随分と可愛らしいんだな。ヴィオレット、好きだよ……愛している」

彼の唇が瞼にそっと触れてきた。優しくされる資格など自分にはないのに……そう考えると涙の量が増える。

止まる様子を見せないヴィオレットの涙を拭いながら、ラファエルがぽつりと呟く。

「……君が気にしているのは……ベアトリス王女のことか？」

ヴィオレットは頷く。

「壊す……と君が言っているのは……私とベアトリス王女との関係？」

「そ……うです」

「それは、本当に……君が気に病むようなことではないよ」

「でも、ラファエルは……ベアトリス王女との結婚を望んでいたのでしょう？」

「……嫌いにならないで欲しい」

質問とは違う内容の答えが返ってきて、ヴィオレットは返事に困る。

「私は、そういう男だ。兄と違い、能力だけでは宮廷内に入れるほどの力を持てず、他人の権力に縋ってのしあがるしかなかった。だから、ベアトリス王女との結婚を望んでいたのかと聞かれれば〝そうだ〟としか答えられない。王女と結婚すれば、モンクティエ家の繁栄に繋がる。王女の目に留まったときから、考えていたことだったが……」

「……でも、お好きだったのでしょう？」

「前にも言ったが、私は他人に対して、好きだの嫌いだのという感情は持ち合わせてはいない。いや……その、持っていなかったんだ。だから、ベアトリス王女を好きだったのかと聞かれれば、そういった気持ちになったことはないし、彼女を抱いたこともない。口づけも手の甲以外にはしていない」

押し黙ってしまったヴィオレットを見て、ラファエルは困惑する。

「その……ベアトリス王女との出会いは、私が十五歳で彼女が十三歳のときだ。兄のところへ向かう途中、宮殿内で偶然通りかかった彼女と出会い、それからお菓子の時間に来るようお誘いがかかるようになった。その一年後、彼女が当時の国王だったヴァレリアン殿下に頼み込んで、私をご自身の世話役に任命してくださった。誠意をもってベアトリス王女にお仕えした甲斐があってか、十八歳で国王陛下の傍付きに任命されるほどになった。誠意、と言ってみても、君からすれば……そうする理由が不誠実だと思うのかもしれないが」

「……いいえ。エドゥアール長官より、ことの経緯は伺ってはおりませんでしたが、ラファエルが大変な苦労の末に今の地位をいただくようになったというお話は聞いていましたので、不誠実だとは、思いません」

「兄が私の話を君に？」

「だから、私はあなたのために、女王の冠を被ることで……あなたの望みを叶えたかった。

でも、あなたが望んでいたのは、王配殿下という地位ではなかったのではないかと思えてしまって。結局、私が背負わなければいけないものの大半をあなたに背負わせて……ベアトリス王女が相手なら、半分で済んだかもしれなかったのに」

「〝ヴィオレット女王の大元帥〟という称号を賜って、不服など言いようがない」

「でも、大元帥という称号は――」

「何があっても君を守る。それは初めから言っていた」

「でも……っ」

「だったら私も君に問いたい、この私以外の、いったい誰が君を守るのに相応しいと思っているのかと」

「……わ、たし？」

「誰なら君は満足する？　他の誰かでも、いいのか？　君が私を好きだと言ってくれたのは単なる戯《ざ》れ言《ごと》か？」

「違う、私は、あなたのことが本当に好きで……」

ふわりとヴィオレットの身体が浮く。

ラファエルは彼女を抱きあげて、階段を登っていった。

「……私も、そうだ。私は、君が好きだ」

ラヴァンドの間に戻ると、薬を取りに行った侍女が青ざめた表情で待っていた。

「ラファエル殿下……」

「待機してくれてありがとう。問題ない、その壁の扉は閉めておいてくれ」

「か、かしこまりました」

「あぁ、寝室の扉は開けてもらえるか？」

「はい」

ラファエルはヴィオレットを抱きかかえたまま、侍女が開けた扉をくぐり抜けて寝室に入った。

天蓋付きのベッドに彼女を下ろし、手に持っていたランプをすぐ傍にあるテーブルに置いた。そのテーブルには、真っ白いムラングが載った皿が置いてある。ラファエルは皿を手に取りベッドのうえに座っている彼女の前に置いた。

「……私が、君を好きだという気持ちに偽りはない。あってはならないことだが、モンクティエ家のくくりを抜きにして、私個人の感情で君を想ってしまっている……だから、ベアトリス王女のことで泣かないで欲しいし……いなくならないで欲しい」

「ベアトリス王女のご結婚のことは……？」

「知っているよ」

「私がデルニエール王国との会談を申し出なければ、出てこなかったかもしれないお話です。それでも……許していただけるんですか？」

「許すも許さないもない。先ほども述べたように、私にはベアトリス王女に私的な感情はないのだから。すべては、モンクティエ家の繁栄のためだけ……さ、これを食べて」

「ムラング……ですよね」

「兄が調合した薬が入っているから、少し変わった味がするかもしれないけれど」

「バスルームでも、いつもの滋養強壮剤入りのチョコレートをいただいていますが……」

ムラングをヴィオレットが口に入れると、すぐに溶けてなくなる。

「それには催淫剤が入っている」

さらりと言ってのけるラファエルにヴィオレットは驚かされた。

「催淫剤ですか？　ど、どうしてそんな……」

「策を講じると言っただろう？」

そういえば確かに彼はなんの脈絡もなく、そんなことを言い出していた覚えはある。

「さ、催淫剤なんて……不要なのに」

「今まで辛くさせていた……すまなかった」

「辛くなんて……」

皿がテーブルに戻されて、ラファエルの身体がヴィオレットのうえに重なる。こうして抱かれることが久しぶりで少し緊張してしまうのに、催淫剤を飲まされたとなるとどうなってしまうのかわからず不安にさせられた。

「ラファエルは、お食べになったのですか？」

「私には不要なものだ」

こめかみに短く口づけられる。そのまま唇は下がってきて耳朶に触れた。

「……っン」

「女性は性交時に痛みを伴い、苦しいと聞く。君も、そうだったのだろう？」

「痛みも苦しみも、ないです」

「君は我慢をしてしまうからな。よくないよ」

「我慢など、しておりません……っ」

寝間着のうえからふんわりと乳房に触れられる。やわやわと揉まれているだけで強い感覚があるわけでもないのに、乳首が生地越しに彼の温度を感じて硬くなり、勃ちあがった。

「ん……んんぅ」

「……痛く、ないか？」

「く、くすぐったい……です」

「もっと強く？」

「聞かないで……ください」

恥ずかしくて堪らない。何を思って気遣ってくれているのかわからないが、普段でも大概羞恥心を煽られるのに、こんなふうにいちいち確認をされては、恥ずかしさでおかしくなってしまいそうだった。

「いつもと、同じようにしてくださって……かまいません……」

「……きちんと痛いとか辛いとか言えるのか？」

「い、言います……からっ」

突然、乳首を軽く摘まれる。声が出るより先に身体がびくりと跳ねた。

なぜだか、もうすでに身体が熱い。身体の芯が熱せられたようだった。

「ほら……言わない」

「い、たくない……ので、言わないだけです」

身体が震えてくる。催淫剤の効果がもう出てきているのだろうか、ヴィオレットの息が乱れる。

「あ……あぁ……」

「頬が赤いね……薬が効いてきている？」

「わ、からない……でも、熱く、て」

羞恥で震える唇を隠すように、口許に手を置いて答えると、ラファエルは微笑む。

「いい感じなのかな……」

寝間着の裾を捲《めく》られて、花芯に近い場所を下着越しに触れられれば、小さな快感がわいた。

「……っ、ふ、ぅ」

花芯の周りばかりを、彼の指が擦ってきて、なかなか触れて欲しい場所に触れてこない。そうでなくても久しぶりなのだから、あまり焦らさないで欲しかった。

思わず細い腰を揺らしてしまう。

「もっと、触れて欲しいのか？」

「意地悪なこと、言わないでください」

触れられるだけでは嫌だ、と脳裏に強い感情がふっと浮かぶ。ラファエルに挿れて欲しい。彼の身体と繋がり合いたかった。

そして、肝心の場所には少しも触れられていないのに、下着がしっとりと濡れてきている感じがした。

「も、駄目……おかしく……なって……」

「まだ何もしていない」

「で、でも……」

身体がびりびりする。神経が過敏になってしまっているようで、自分が着ている寝間着の生地が肌に擦れるだけでも、快感が生じてしまう。

「ん……ン……辛いの、ラファエル……」

「……どんなふうに？」

「生地が……擦れ、て」

「では、脱がしてあげよう」

中途半端に脱げかけていた寝間着は脱がされ、蜜で濡れてしまった下着も脱がされた。

「……肌が、ほんのり色づいているね」

ちゅっ……と彼女のくびれた細い腰に口づけて、ラファエルは滑らかな肌に唇を這わせる。

わきあがる快楽に、ヴィオレットが翻弄されるのはすぐだった。

「う……ぅ……ン」

焦れて腰が揺れる。早く欲しいとねだるように身体をくねらせる様子は、とてもいやらしく思えて羞恥でいっそう身体が熱くなった。

「…………足、開いて」

仰向けで寝かされているヴィオレットは、一瞬ためらったのちに足を左右に開いた。

「濡れているね……ここが……ほら、こんなに。わかるか？」

ラファエルは彼女の手を取り、しとどに濡れた蜜源に触れさせる。

自分の指が触れても、その場所は快感をわかせる。自分の指でなら、焦らされることはない。指をゆっくりと動かせば、くちゅりと淫猥で粘着質な音が立った。

「ん……ふ……あ、あぁ……」

「自分で触っているほうが気持ちいい？　私に触れられるよりも？」

「や……ぁ、触れて……欲しい、の」

「指？　それとも……舌か？」

彼の返事に腰が期待からか、わななく。ラファエルに蜜源を舐められることには抵抗があるのに、けれど舐められてわきあがる快楽の甘さを、味わいたいと思ってしまう。

「し……舌……で」

「いいだろう……指はそのまま、動かして……」

花芯を弄っているヴィオレットの指を舐めてから、ラファエルは蜜があふれ出ている場所を舐め始める。

「あ……ぁ、ン……ラファエル……」

「いつもより……たくさんあふれている……」

次々とわいてくる愉悦を貪るように、花芯を弄る指の動きが激しくなった。興奮で膨らみ硬くなっている部分を右手の指の腹で何度も擦っていると、得もいわれぬ快感が生まれて夢中になってしまう。

「あ……あぁ……ラファエルの……舌……気持ち……いい」

「ん……もっと、感じて……」

シーツを握りしめていた左手が、知らず知らずのうちに彼の手と絡み合っていた。

彼の掌の温もりを感じながら与えられる快感に酔う。ひくっとつま先が跳ね、絶頂が近いことを自覚させられた。

「あぁ……い……ちゃ……」

あともう少しで快楽の階段を登り切るというところで、花芯を弄っていた右手をラファエルに奪われる。

「ラ、ファエル、な、にを……っンう」

ぐぷりという音と共に、なんの前触れもなくラファエルの熱く滾《たぎ》った部分をねじ込まれて、ヴィオレットの内側がひくつく。

「……ん……ヴィオレット……」

腰を打ちつけられて最奥を突かれる感触と、彼の腹と花芯が擦れる感触で、ヴィオレットはあっという間に達してしまった。

「あ……あああぁ……ラファエル……ぅ……ふ、あ……はぁ」

「……好きだよ、ヴィオレット……好きだ」

一度達したヴィオレットの身体はなおも貪欲にラファエルの身体を求め、快楽を貪る。

「わ、たしも……好き……あ……はぁ……はぁ……」

「ヴィオレット……私に抱かれて、どうだ？」

下半身が繋がり合い、お互いの身体を擦り合わせながらの状態でそんなことを問われたら、興奮でどうにかなってしまいそうだった。

激しく突きあげてみたり、ゆっくりと動いてみたり、弧を描くように腰を動かされれば、再びわきあがる強い快感に息があがった。

「そ……んな……聞かないで……」

「私は、気持ちいいよ……ヴィオレットの中で扱かれて……出したくて堪らなくなる」

「う……うぅ……ン！」

彼からの淫猥な言葉に濡襞が反応して、硬い肉棒を締めつける。

「あぁ……それ、いいよ……だが……痛く……ないか？」

「痛くない……で、す……ン……ぅ……あ」

「……可愛い声……ヴィオレット……愛しいよ」

ぎゅっと強く抱きしめられたかと思うと、ふいに身体を起こされて座った状態で向き合う格好となった。

「あ……ぁ」

座っている彼のうえに身体を乗せられたことで、深くなった挿入にヴィオレットは喘いだ。

突きあげられるたびに熱くなった身体の中心に伝わる衝撃が、思考能力を溶かしていく。

「あぁ……ヴィオレット……堪らない……ずっと抱いていたいよ……君の中で果てても繋がっていたい」

「ラファエル……あぁ……っ」

身体を揺さぶられ絶え間なく襲ってくる快楽を、ヴィオレットはやりすごせそうにない。

高まるままに身体を彼に預けて、全身が蕩けてしまうような錯覚に陥る快感を貪る。

「ん……ん、ぅ……あ……あぁ……は、あぁ……」

「……ヴィオレット……口づけを……」

彼に求められて、興奮して赤くなっている唇を重ねる。半開きだった唇から口腔内にラファエルの舌が入り込み、互いの舌をも絡め合う。

「あ……あぁ……ラファエルの舌……気持ちいい……の」

「私もだ……」

内壁がきゅうっと収縮する。そうなると彼との摩擦がより強く感じられたから、もっと屹立した部分を知り尽くしたくて下腹に力が入ってしまう。

「あぁ……ヴィオレットの身体は……なんて……いいんだ……柔らかくて……夢中にさせられる」

「……ラファエル……私、も……」

「気持ちいいか？　本当に？　嘘をついていないか？」

「嘘なんて……つけない……」

「愛して、いるか？」

ぞくぞくっと背中に甘いものが通っていった。彼の紫の瞳が自分をのぞき込むようにじっと見つめているのは気配でわかったが、目を開けることができなかった。

濡れて色香を放つラファエルの瞳を見てしまえば、再びあっけなく達してしまう。

「愛して……ます」

「ちゃんと、目を見て言え」

「あ……あぁっ」

一瞬目が合っただけなのに、全身が撫でまわされたような快楽を覚え、下腹から切ない痛みが広がっていく。

「ヴィオレット……」

「駄目……いっちゃう……の」

「何度でもいけばいい……だけど、ほら、目を開けて、私を見ろ」

「う……ぅ」

視線が絡むと、我慢しきれない快感がじわりとあふれ出した。

突き抜ける快感とは違う達し方に、ヴィオレットは息を詰まらせ、身体を震わせた。

「またいったのか？　本当に？」

ヴィオレットが何度も頷くと、彼は安堵するように微笑む。

「そうか……よかった……もしかしたら、演技なのかもしれないと、不安だった」

だから催淫剤を使ったのだろうか？　自分の身体を頂点に導きやすいように……？　とはいえ、何度もいかされては疲労度も高まる。

「わ、たし……ラファエルを愛しています……好きで、好きで……今も、好きで堪らないのです……」

「……君からの言葉は、心地よくて……気持ちいいよ……」

「……好き」

「好きだ……どうすればいいのかはわからないが、君に優しくしたい。大事にしたいとも思う……なんだか、色々混ざりすぎて、頭の中がおかしくなりそうだ……」

「……ラファエル……私……あなたの、役に……立ちたいの」

「十分だ……これ以上何かを君に望むのなら、ただ、愛されたいだけだ」

「……愛して、ます」

息を乱す彼女の身体を再び横たえて、ラファエルは自分の身体を打ちつけた。穿《うが》たれる感触に濡襞は歓喜するように蠢いて、入り込んでいる塊を翻弄した。

「く……っ、あ……あぁ……っ、ヴィオレット……愛してる、愛している」

「ん……ふ……ぁ……愛しています……ずっと、私は……あなただけを」

「……はっ……出すぞ……っ」

びゅくびゅくと勢いよく吐き出された体液が、内壁に撒《ま》き散らされる。

ラファエルは深々と息を漏らして、名残惜しそうにしながら彼女の身体からそっと己の一部分を抜き出した――。

第五章

戴冠式から一ヶ月後——。

ヴァレリアン前国王の妹、ベアトリス王女とデルニエール王国の第二王子スティードとの結婚が正式に決まった。

本人の意思はどうであれ、彼女が王族として生まれた以上の宿命というべきか、アンブルシエール王国に有益となる結婚の決定には、今回ばかりはヴァレリアンも否とは言わせなかったし、ベアトリスも拒否しなかった。

「わかりました。お受けしますわ〝お兄様〟のために」

謁見の間で玉座ではない場所に座っているヴァレリアンに向かって、ベアトリスは告げる。

艶やかなブロンドを高い場所で結いあげ、金糸で刺繍されている深紅のドレスは豪華で彼女の美しさを引き立てている。けれど魅惑的な琥珀色《こはくいろ》の瞳は、けして玉座にいるヴィオレットを見ようとはしなかった。

「……こんな日が来るのであれば、いつまでも国に留まらず、お姉様方と同じように十六歳で嫁いでおけばよかったと思わずにはいられませんわ」

「ベアトリス」

たしなめるような口調で告げるヴァレリアンに、ベアトリスはつんとして顔をあげる。

「最後に恨み言くらい、言わせてくださってもよろしいのではなくて？　あぁ、わたくし、まだお祝いの言葉を述べておりませんでしたわ」

ここでようやく、ベアトリスは玉座にいる緑色のドレスに身を包んだヴィオレットを見た。

「お気をつけあそばせ、女王陛下。出自が卑《いや》しい者は立場をわきまえないもの、足もとを掬われませんよう」

到底祝いの言葉とは思えない台詞《せりふ》を吐くベアトリスに、ヴィオレットは困惑した。

出自の卑しいという言葉が自分に向けられているのか、そうではないのかわかりかねる。ただ、それが当てつけであっても甘んじて受けるつもりではあった。

「ありがとうございます、ベアトリス王女。心しておきます」

他にも何か声をかけようかと思ったが、それだけに留めた。ベアトリスに対して何か気遣う言葉をかけたとて、聞かされた彼女にとってなんの慰めにもならないだろう。

それに――。

(今の言葉は……ただの、嫌みなのかしら)

ヴィオレットの視界の中にいる、レイナルドの表情が一瞬硬くなったようにも感じられた。

「退室してもよろしくて？　お兄様」

「あぁ……かまわぬ」

ベアトリスはドレスの裾を翻し、謁見の間を立ち去っていった。

残されたヴァレリアンは小さく息を吐いた。

「すまぬな……ヴィオレット。ベアトリスに対しての王女の教育が十分にできないまま、我《わ》が儘《まま》放題で育ってしまった……」

「いいえ、お父様。ベアトリス王女は立派な方です。デルニエール王国との友好関係を良好なものにしてくださると、信じております」

「……そうか」

「ええ。ベアトリス王女も、お父様にはいつまでも健やかでいて欲しいと思っていらっしゃるはずですから」

ヴィオレットは玉座から立ちあがり、ドレスの裾を摘んで二段ほどの段差を下りると、隣に座っていたラファエルもあとに続く。

彼女は椅子に腰掛けているヴァレリアンの前まで歩み寄った。

「ここのところは随分とお加減がよいと聞いております。いかがですか？　お父様」

「ああ、近ごろは寝たきりになることもなくなった。いっときはおまえの戴冠式までは生きられぬのではないかと、侍従医にも言われていたほどだというのに驚いたものだ。エドゥアールが配合した〝東の薬〟のおかげだな」

「よかったです……」

ヴィオレットは微笑んだ。

実はヴィオレットはデルニエール王国のサリムとリザとの会談のあとに、ラファエルを交えてもう一度ふたりと話をしていた。

帰国前に話がしたいというヴィオレットの申し出を快諾してくれたふたりを、彼女は自らが作ったお菓子でもてなした。

この席でラファエルが、ヴィオレットが作ったものとは知らずに食べていたマドレーヌにいたく惚《ほ》れ込み、視察と称してアルモニーの町に足繁く通っていた、などという話を披露すると、リザは感激した。そしてその場に件《くだん》のマドレーヌがあって、彼女は大喜びをして感涙するほどだった。

無論、ヴィオレットからすればマドレーヌの話をラファエルがするとは思っていなかったので、計算し尽くしたもてなしなどではなく、友人として親しくしていきたいという意思表示で振る舞ったものであった。

彼らの国であるデルニエール王国と友好関係を築きあげたい、という考えの他にもうひとつ、ヴィオレットは彼らに聞いておきたいことがあった。

それは各国を視察してまわり、ほぼ自国にいないくらいの旅行好きである彼らの、健康の秘訣《ひけつ》だった。

今回のヴィオレットの戴冠式に出席する直前にも、他の国を視察していて、そのまま帰国せずにアンブルシエール王国入りをしている。それなのに、彼らの肌つやのよさや疲労の色が見えない血色のよさを見て、その秘訣を聞いておきたかったのだ。

話を聞けば、サリムはその昔、東の国まで行くこともあり、そこで東の国ならではの生薬を調合してもらい、入手していたそうだ。近ごろではデルニエール王国でも生薬を輸入するようになり、調合できる薬剤師も数名いて、東の国まで行かなくても薬が飲めるようになったのだと。

「すみません、実はその薬の話もしておきたかったのですが、テンサイ糖と結婚の話で私も頭がいっぱいになってしまって……もし我が国に薬剤師を派遣いただけるのであれば、薬の調合の方法などをお教えすることも可能です……が、我が国も薬剤師を派遣して東の国で伝授してもらうのに数年かかりました……」

一縷《いちる》の望みだった。

西の国の薬草だけでは、ヴァレリアンの回復は見込めない。かといって東の生薬を使って回復するかもわからない。そのうえ、ヴァレリアンが薬を飲むことを承知してくれるとも限らなければ、侍従医が飲ませることを承諾するかもわからない。

——そして、何より重要なのは、この国で一番優秀な薬剤師のエドゥアールが、デルニエール王国まで行ってくれるかどうか。数百年に一度生まれるかどうかの天才と呼ばれる彼でなければ、ヴァレリアンが生きている間には戻ってこられない。

「すみません、少しだけ、席を外させてください。私、エドゥアール長官にお願いをしてきます」

急いで席を立ち、エドゥアールがいる王室薬剤室へと向かう。あとを追うように、彼女の世話役であるレイナルドがついてくる。

「陛下、お願いする必要などないのでは？　ただ〝行け〟と命令をすればいいだけです」

「――それは、あなたがローニヨン家の人間で、エドゥアール長官がモンクティエ家の人間だから言っているの？」

「い、いいえ、あなたが女王陛下である以上、あなたからの〝お願い〟は命令と同じだからです」

ああ、そうか。そういうものなのか。とヴィオレットは思ってしまう。

王室薬剤室の扉の前で立ち止まる。金色の紋章が描かれている木の扉を開けようとするレイナルドをヴィオレットは制した。

「どうされましたか？」

「レイナルド……それでも、やっぱり、私は命令したくない」

「薬剤室に籠《こ》もりきりで研究に没頭している彼が、外に出るとお思いですか？」

「きっと、出たくないと思うわ。嫌だと思う。だからこそ、命令はしたくないの」

「では、陛下。もし、エドゥアール長官がこの話を断ったときには、ローニヨン家の薬剤師だけをデルニエール王国へ派遣いただけますようお願いします」

「……わかりました」

エドゥアールでなければ、ヴァレリアンは救えない。それにエドゥアールがこの話を断れば、彼の助手たちだって、必要なしと判断してデルニエール王国には行ってくれないだろう。だけど東の薬は、この先必ず役に立つ日がやってくる、とヴィオレットは感じていたから、サリムが薬剤師の派遣を許してくれる好機を逃したくなかった。

ローニヨン家の薬剤師であっても、遠い国への派遣を承諾してくれるのなら行ってもらうしかない。

(でも、それではお父様が……)

ヴィオレットの胸の内を見抜くように、レイナルドが静かに告げる。

「陛下、ご命令を」

「嫌よ」

「……これは忠告です。エドゥアール長官はラファエル殿下ほど、地位や名誉に固執していない。いや、まったくしていないと言っていい。モンクティエ家の繁栄よりも、薬剤室でチョコレートを食べることを選ぶ、そんな男です」

「もういいわ、扉を開けて」

「後悔、しますよ」

ギギギ……と重たそうな音を立てながら扉が開けられた。

数名の薬剤師がテーブルに向かって、薬の調合を行っている。

一番奥にいたエドゥアールが、ヴィオレットにまっさきに気がついて立ちあがった。他の薬剤師も慌てて立ちあがる。

ぽっちゃりしている彼は、上着は着用せずにウエストコート姿だった。

ラファエルと同じ色の黒髪を肩まで伸ばし、後ろでひとつに結んでいる。

「おぉ！　私の可愛いヴィー、今日はどうしたんだい？　チョコレートが欲しいのか？　おや、珍しい人が横にいるね」

「……私は陛下の世話役ですので……少し、お痩《や》せになられましたか……エドゥアール長官」

まず、エドゥアールがこの国の女王陛下相手にヴィーと呼ぶのにもレイナルドは驚かされ、歩けば床が抜けるのではないかという巨体だったのが、ぽっちゃり程度になっているのにも驚かされた。

「はははは、さすがの君も驚いたか。食べても太らないチョコレートの研究を、今、まさに実験しているのだよ！」

「ご自分の身体を使って……人体、実験ですか」

「薬の調合は安心、安全がモットーだからね。で、ヴィー、どうしたの？」

エドゥアールはキラキラしたエメラルドの瞳を、ヴィオレットに向ける。

これから告げなければいけない内容を思うと、彼女の気が重たくなった。

「はい……実は……その、エドゥアール長官にお願いがあって参りました」

「あぅうん、なんだろう、あらたまって」

「……お父様の身体の状態が、よくなるかもしれないお薬が、デルニエール王国にあるのです……ただ」

「あー……、アレか。東の薬ってやつ？　動物生薬と植物生薬を調合して、元気になっちゃう感じのものだよね」

「動物生薬……か、どうかは、わからないのですが」

「僕をデルニエール王国に行かせてくれるの？」

彼は、ぴょんぴょん飛び跳ねながらヴィオレットの傍までやってきた。

「前から東の薬の調合には興味があったんだよ！　今は、少しだけ動物生薬が手に入ったから、ヴァレリアン殿下に飲んでいただいているんだけど、もっとちゃんとした調合で作ったら、きっとヴァレリアン殿下は元気になるよ」

「すでに……飲んでいらっしゃったの？」

「最近、ヴァレリアン殿下、寝込まなくなったでしょう？　どう？　僕、凄いでしょう？」

「ええ……凄いわ、エドゥアール長官」

「で、出発はいつだい？　今日？　明日？」

胸が詰まった。彼は嫌がることなく笑ってくれていて、そして、すでに薬の調合を始めてくれていた。泣き出しそうになるのを、ヴィオレットは堪えた。

「……ごめんなさい、エドゥアール長官、あなたを遠くに行かせることになってしまって」

「どうして？　遠くないよ、東の国よりは断然近いさ。僕がいない間、寂しくさせるかもしれないけど、手紙も書くから安心して？」

「ごめんなさい」

「謝らなくていいよ。ヴィー、君は僕の大事な義妹《いもうと》なんだから」

レイナルドは予想していなかった展開に、呆《ほう》けていた。

勝算はあると思っていた。エドゥアールは宮殿から出るのを極端に嫌がっていて、必要があったとしてもけして外には出ない人物だった。だからこそ、ヴィオレットに命令をさせることで彼を失脚させる算段だったし、彼女のお願いに対して拒否すれば、薬の調合はローニヨン家の人間だけが知る方向に持っていけたはずなのに。

「エドゥアール長官、あなただけが頼りなの……」

「心配ない。すぐに覚えて帰ってくるから」

手を握り合っているふたりに対し、レイナルドが心の中で舌打ちをしていたのを、ヴィオレットは知るよしもなかった。

そして、エドゥアールは助手を数名連れて、デルニエール王国へ帰国するサリムとリザ一行に同行し、旅立っていったのだ。

エドゥアールはどのくらいで帰ってきてくれるだろうか……と、ヴィオレットの心配をよそに、彼はわずか二週間で帰国した。

助手数名は、そのままデルニエール王国で勉強を続けている。

「帰ってきたよ」

と、笑顔の報告をヴィオレットにすると早々に王室薬剤室に籠もり、ヴァレリアンに飲ませるための東の薬の調合を始めた。数日分を調合し終えると、デルニエール王国で丸暗記してきた膨大な量の薬の調合方法を、紙に書き始めた。

その作業は数週間経った今でも、助手たちに覚えさせるために続いている。

ヴァレリアンのための薬は真っ先に書き終えたので、デルニエール王国に同行した助手たちが、エドゥアールの代わりに調合していた。

侍従医が診察して経過を見て、助手らに報告をし、その助手らから聞いた症状で、エドゥアールは調合を別のものにしたりしているようだった。

その甲斐あってか、ヴァレリアンは〝すっかり健康〟とまではいかないが、高熱を出して寝込むことはなくなり、食欲不振ゆえにやせ細った身体は、それなりにふっくらとしてきていた。

逆に、エドゥアールが痩せてしまったが。

❁❁❁

その日も、エドゥアールは王室薬剤室の奥の部屋で調合方法を紙に書く作業をしていたが、ヴィオレットが訪ねると快く迎え入れてくれた。

今日の彼もアビは着用せずに、ウエストコート姿だった。

「やあ、ヴィー」

「毎日、ありがとうございます。あまり寝てないようだと助手の皆さんがおっしゃっていましたが、体調は大丈夫ですか？」

「大丈夫だよ。それに僕が倒れたら、薬の信憑性《しんぴょうせい》を疑われてしまうからね。元気になる東の薬ではないのか！　ってね」

冗談めいて言う彼に、ヴィオレットは笑ってしまった。

「東のお薬を飲まれていらっしゃるのでしたら、お菓子は必要なかったでしょうか。マドレーヌを焼いてきたのですが」

「え？　いや、食べる食べる！　ヴィーの作るお菓子は美味しいんだよね！」

エドゥアールは紙が散らばった机から離れて、ヴィオレットのマドレーヌが置かれているテーブルに移動した。

窓の外からは花火の音が聞こえてくる。

祝賀の花火だ。

「……エドゥアール長官、お邪魔だとは思うのですが……ここにしばらくの間、いさせてもらってはいけないでしょうか……」

「邪魔じゃないよ。気が済むまでいればいい。僕も、今日はゆっくりしようかなぁ、ちょっと疲れたしね」

「ありがとう……ごめんなさい」

「謝る必要はないよ」

ヴィオレットはふふっと笑う。

「なんだか、さすがに……ご兄弟なんだなって思います。ラファエルも、私が謝れば、〝謝らなくていい〟と言ってくれます」

「そっかぁ」

「不思議な感じですね、兄弟……って。私にも、もし、いたら……どうだったのかなって、最近思うようになりました」

「僕がいるじゃない」

にっこりと微笑むエドゥアールの笑顔に、救われる感じがした。

今日は、ベアトリスが結婚のためデルニエール王国へと旅立つ日だった。宮殿ではお祝いの式典が華々しく行われている。

ヴィオレットはお祝いの言葉を述べたあと、すぐに退席してマドレーヌを焼いてこちらにやってきた。自分があの場にいてもベアトリスに不愉快な思いをさせるだけだろうし、ラファエルやヴァレリアンに気を遣わせたくなかった。

「ヴァレリアン殿下はともかく、ラファエルは君の姿が見えないほうが、気が気でないんじゃないかなって思うけど」

「ちゃんとエドゥアール長官のところに行ってきますと、お話ししてあります」

「まぁ、それでもラファエルからすれば、僕だって男だからね。それに、最近の僕って、痩せて綺麗になったじゃない？　危機感覚えているんじゃないかな」

「そうですね、あぁ、やっぱりご兄弟なんだなって思えるくらい、お顔がラファエルに似てきましたよね……でも、危機感って？」

「ああ見えて、けっこう嫉妬《しっと》深いようなので」

「ラファエルがですか？」

「うん」

そうだろうか？　やっぱりラファエルはいつも淡々としていて、表情も読み取りにくかったから、ヴィオレットにはわからなかった。

「子供だからねぇ……彼の心はまだ」

ぽつりと呟かれたエドゥアールの言葉に、驚かされる。

「実年齢より、そうとう幼いと思うよ。いろんなもので武装して固めているけど、モンクティエ家の〝呪《のろ》い〟で成長できなかったからね」

エドゥアールはモンクティエ家が地位だの名誉だのに固執していることを〝呪い〟と常に称していた。

確かに、レイナルドが言っていたように、その言動からエドゥアールはモンクティエ家の繁栄を第一には考えていないとわかる。

エドゥアールは懐中時計を見て、彼女に訊ねる。

「ヴィーがラファエルのもとを離れてからどのくらい時間が経っている？」

「え？　あ……えぇっと……二時間ほどでしょうか」

「あぁ、じゃあ、もうすぐこっちに来ちゃうな。せっかくヴィーと楽しいお茶の時間を満喫しようと思っていたのに」

「でも、ベアトリス王女の結婚の式典は公務で——」

コンコンと扉を叩く音がして、エドゥアールが何か言う前にその扉が開いた。

姿を現した人物は、エドゥアールの予想どおり、ラファエルだった。

「クレマンにあとを任せてこっちに来ちゃったか。すっかりサボり癖がついちゃったね」

エドゥアールが残念そうに溜息をつくと、ラファエルが彼を睨んだ。

「公務をおろそかにしているわけじゃない。私はそもそもヴィオレットの大元帥で――」

「はいはい。ヴィオレットの傍から離れられない君にはちょうどいい称号だよね。大元帥」

「誤解を招くような言い方は、よしてくれないか」

「ヴィーのマドレーヌ食べるぅ？　グズグズ言うならあげないよ」

ラファエルが悔しげな表情を見せる。

（……そういえば、最近は随分と表情が豊かになられたような気がするわ）

豊かとは言っても、眉間《みけん》に寄せるしわの本数が増えた……とも言えるのだが。

助手のひとりが紅茶を運んできてくれて、三人でお茶を飲むことになった。

「……前から言おうと思っていたのだが、ヴィオレットをヴィーと呼ぶのはいかがなものかと思う」

ラファエルがそんなことを言い出すと、エドゥアールが目を丸くさせた。

「え？　ヴィーって呼び方、可愛くなかったかな。でもまぁ、僕としては、ヴィヴィでもヴィオでもレッティでもなんでもいいけど」

「女王陛下をヴィーなどと呼ぶのは」

「女王陛下をカード扱いしているのは、どこの誰でしたかね？」

ラファエルの眉間のしわが深くなった。口が立つのはラファエルも大概ではあったが、エドゥアールが相手だと勝手が違うようで、黙ってしまう。

「あぁでもちょうどよかった、君に聞いておきたいことがあったんだよ。ラファエル」

「……なんだろうか」

「ベアトリス王女が気になることを言っていたと、クレマンから聞いているんだけど」

「……気になることとは？」

「出自が卑しい者は立場がどうのこうの」

「あぁ……それか、調べてはいる」

すっかり忘れられているものだとばかり思っていたヴィオレットは、ふたりの会話に驚かされた。

「ご本人に直接聞いてみた？」

紅茶を飲みながら訊ねるエドゥアールに、ラファエルも紅茶を飲みながら答えた。

「一応な。そうしたら〝言葉のままだ〟とのことだ」

「口を割らせられなかったのか？　君は案外ぬるいんだね。催淫剤でも使って、喋らせればよかったのに」

「陛下の御前だぞ」

かちゃんっとカップがソーサーとぶつかる音がして、彼の動揺がうかがえる。

「私は、いかなるときでも、身体は使わない」

「君にしかやれないことをやらなかった言い訳にはならないね」

「あああ、あの!!」

とんでもない内容でラファエルが叱咤《しった》されている様子に耐えきれず、ヴィオレットは声をあげた。

「その件は、確かに私も……気にはなりましたが、杞憂に過ぎないことかもしれませんし」

「杞憂であればいいけど。でも、いざとなったら、デルニエール王国に置いてきた僕の可愛い助手たちを使うだけだけど」

「つ、使うとは？」

「あ、情報収集って意味ね。僕の可愛い助手たちに、王女の口を割らせるためにいかがわしいことなんてさせられないよ」

ヴィオレットの隣で大きく溜息をついたのはラファエルだった。

「ローニヨン家の人間が複数名、ベアトリス王女のところで何か話をしていたらしいが……」

「世話役がローニヨン家だからじゃなくてか？」

「……それだけ、ならいいんだが」

「で？　そんな状況の中、君はのんびりこんなところでお茶をしていてもいいのかな」

「少し休憩がしたかっただけだ。もう、戻る」

「ラファエル。モンクティエ家の栄光と繁栄のために力を尽くせ」

「……」

ラファエルの紫の瞳の色が変わったように思えた。

エドゥアールはそれを〝モンクティエ家の呪い〟だと、言っていたはずなのに、なぜ暗示をかけるようなことをラファエルに言うのだろうか。

立ちあがったラファエルを、ヴィオレットは慌てて抱きしめた。

「やめてください！　私は、嫌です」

「ヴィオレット……？」

「嫌です、嫌ですから……ラファエル」

「身体は使わないと、言っているよ」

「く、唇だって駄目です。あなただっておっしゃったじゃないですか、許していいのは微笑みまでだって！」

「王女は、下僕ではない」

「大元帥はその身のすべてを女王に捧げるものではなかったのですか」

ヴィオレットの言葉に、ラファエルは目を細めて微笑む。

「おかけください、陛下」

「へ、陛下って……」

「座りなさい」

「……はい」

しゅんとして椅子に腰掛けると、ラファエルが恭しげに跪いて、ヴィオレットの片足を持ちあげた。

「ラ、ラファエル!?」

足の甲にそっと口づけられる。その口づけが〝隷属の口づけ〟であることは以前教えられている。

「君が私のものであるように、私も君のものだ。それは、何があっても変わらないし、変えられない」

「……はい」

「信じろ」

ヴィオレットが頷くと彼は立ちあがり、部屋から出ていった。

「凄い執着心だね。わざわざここでやっちゃいますか、隷属の口づけを」

「……それは、私が女王だからです。でも、どうしてですかエドゥアール長官、あなただって、ラファエルがモンクティエ家の呪いに囚《とら》われてしまっているって、おっしゃっていたのに」

「彼に腑抜《ふぬ》けられたら困る。最後にヴィーを守れるのは彼だけなのだから」

エドゥアールはそう言って小さく笑うと、マドレーヌを頬張った。

❀❀❀

ベアトリスがたくさんの従者を乗せた馬車と護衛らと共に、デルニエール王国に向けて旅立ったその日の深夜。

ラファエルはクレマンを引き連れて王室薬剤室にいた。

「君らさぁ、僕をまた太らせたいわけ？　深夜のケーキってダイエットに大敵って知っているだろう？」

「食べても太らない薬の調合もけっこうですが、砂糖が滋養強壮剤と言われていることもお忘れなく」

人のよさそうな笑顔を見せているのはノーラン・バリエ。宮廷菓子部門の長官が腕によりをかけて作ったスイーツが、テーブルのうえにずらりと並べられている。

「確かに、くたくただけどねぇ」

文句を言いながらも、エドゥアールはザッハトルテに手を伸ばした。

「……で？　成果は得られたんだろうね？」

銀色のフォークでザッハトルテを食べながらエドゥアールが聞く。

「成果と呼べるものかどうかはわからないが、ベアトリス王女は、王族の指輪をなくした、とだけ……」

ラファエルの返事に驚いた様子を見せたのはクレマンだった。

「王族の指輪をなくすって、一大事じゃないですか……ヴァレリアン殿下はご存じなんですか？」

「報告をあげたところ……紛失の件は、ご存じだった」

エドゥアールはラファエルたちの話を聞きながら、ザッハトルテの横に盛りつけられているクリームをひと掬いして、口に入れる。

「まぁ、王族の証であるから一大事とはいえば一大事だけど、指輪自体にはなんの効力もないからな。なくしたところで悪用されるってこともないだろう……けどなぁ」

美味しそうにケーキをぺろりとたいらげてから、言葉を続ける。

「それをなんでわざわざラファエルに言っていったかだ。うー……ん」

「もうひとついかがですか？　エドゥアール長官」

ノーランが皿に載ったクグロフを渡すと、エドゥアールはそれもぺろりとたいらげた。

「そもそもヴィーは、王族の指輪を持っていなかったんだよな……その存在があることも、知らず。ってことは、エルミーヌ様が隠したか、エルミーヌ様もなくされたか」

「私は、エルミーヌ様と共に埋葬されていると思っているが」

ラファエルの言葉を聞いて、彼は首を傾げる。

「……そうだなぁ……でも、一緒に埋葬しているんだったら、王族の指輪のことはリュシアン様がご存じ、ってことになるよなぁ」

「こちらは桃のソルベになります」

「あぁ、ありがとう。って、君ら、本当に僕を太らせる気だろう」

「甘い物を食べて、色々とひらめいていただかなければ困りますから」

にっこりと微笑むノーランに、エドゥアールは「ああ、なるほど」と納得した。

「……だったら、あるかどうかの確認を……？」

ラファエルが難しい表情を浮かべると、エドゥアールは首を振る。

「たぶん、墓を掘り起こしても指輪は出てこない。だって、やっぱり、存在していたのならそれをヴィーが知らないわけがない。将来のことを見越してヴィーに様々な教育を施していたリュシアン様が、一緒に埋葬するとも考えにくい……だから、なくしたって説が濃厚なんだけど……なんでなくしたのかな」

「王族との関わりを絶つために、捨てた……とかだろうか」

ラファエルがぽつりと呟くと、エドゥアールは食べかけの桃のソルベの皿をテーブルに置いた。

「捨て……た？　そんな……まさか……捨てる……」

なくしたという言葉には動揺を見せなかったのに、捨てたと言う言葉にはエドゥアールは激しく動揺していた。

「……兄さん？」

「ヴィーは……ヴァレリアン殿下の娘ではないかもしれない」

彼が動揺している理由がわからず、そして突然ヴァレリアンの娘ではないかもしれないという言葉には、その場にいた全員が驚かされていた。

「何を言っているんだ。ヴィオレットは、ヴァレリアン殿下が娘だと認められているのに……」

「あ、あぁ……そうだな」

「エルミーヌ様にうりふたつだと、おっしゃっていた」

「だが……ヴァレリアン殿下が、最後にエルミーヌ様にお逢いしたのは何年前だ？」

「何が、言いたいんだ？」

「うりふたつだと、言い切れるほど記憶が鮮明とも思えない」

「それは確かにそうだが、だからといって、ヴィオレットがヴァレリアン殿下の娘でないと言うのは早計ではないのか」

テーブルに置かれた桃のソルベがすっかり溶けてしまっていた。ノーランは溶けたソルベをじっと見つめている。

クレマンも、押し黙っていた。

「今まで、ヴァレリアン殿下の体調のことばかりが気になってしまって、考えもしなかったが、第三階級とはいえラザルス家は上級ブルジョワだ。未婚で子供を産むというのが、許されたのだろうか？」

「当然、許されなかったから、ラザルスの屋敷を追われる結果にはなったが」

「それは、子供を産んだことがばれてからのお話だよねぇ」

エドゥアールは話を続けるが、やはり、それでどうしてヴィオレットがヴァレリアンの娘ではないとされるのかが、ラファエルにはわからなかった。

「これはあくまでも僕の仮説だけど、おそらく、エルミーヌ様は子供を身ごもったことを、誰にも相談できなかったのではないかと思う。もちろん、弟であるリュシアン様にも。そして臨月を迎えて秘密裏に子供を産んで、そのまま、赤子を教会かどこかに捨てたのではないか……」

「だが、ヴィオレットはラザルス家の養女として育てられたではないか。しかも、エルミーヌ様の娘としてだ。それの説明が今の仮説ではつかない」

「――捨てる決心をしたとはいえ、ヴァレリアン殿下の子。やはり我が子愛しさに、赤子を迎えに行った……」

「そのときに、別の子供と入れ替わってしまわれたのでは……と、お思いなのですね？」

ノーランが静かに聞いた。

「……そうだね……。だから僕は出自の卑しい者、とベアトリス王女が言ったんだと思うよ。ヴィーは入れ替わった〝ただの平民〟で、本物のヴィオレットは他にいる。多分、すべてベアトリス王女は知っていて、足もとを掬われるなという忠告めいたあれも、もうすでに本物のヴィオレットは保護されているから、言ったんだと思える。保護しているのは、ローニヨン家……かな」

黙ってしまっているラファエルに視線を向けて、エドゥアールは告げる。

「……残念だったね、ラファエル」

「残念？」

はっとしたように顔をあげるラファエルに対して、エドゥアールは淡々と述べた。

「モンクティエ家の繁栄に必要なのは〝ただの平民〟の娘ではない。必要なのは、王位継承権を持つ者。君も、同意見だろう？」

「今の話は仮説だろう？」

「本当だったらどうするのさ……。第三階級のヴィーを捨てて、本物のヴィオレット奪還に動くか？　モンクティエ家の繁栄、ただそれだけのために」

気持ちがまとまらない。

思いも寄らないようなことをエドゥアールが言い出して、けれど、入れ替わり説はありえない話でもないと、ラファエルは変に納得してしまっていた。

では、もしそうであったらどうするか、と答えを要求されたときに、彼の中での答えはたったひとつしかなかった。それ以外は考えられない。

　その結論を口に出したとき、だったら、モンクティエ家の名誉は？　繁栄は？　未来はどうなる？　と思ってしまう。

生まれたときから、そのことばかりを覚えさせられ、考えさせられてきた。それが、当たり前だと思ってきたのに、根底から覆されてしまう。

「おっしゃってくださいよ、ラファエル殿下。あなたが、どう思っているのか……モンクティエ家のあなたではなく、あなた個人として、どうお考えなのか、お聞かせ願いたい」

クレマンが聞いてきた。

「私も聞きたいです。殿下のお心次第では、私だって意見を言わせていただきたい」

ノーランが告げる。

「あ、それ、僕もだから」

溶けきった桃のソルベを惜しそうに眺めながら、エドゥアールも言う。続いてクレマンも。

「皆さん、狭いですよ。私だって提案はありますからね！」

「――困りましたね、皆さん同意見のようで……私は、湖の傍に美しい城を持っているのですが」

「僕だって持っているよ、城くらい」

「私だって！　なんだったらヴィオレット陛下が気に入るお城を買ってもいいです」

城がどうのと、彼らはいったい何を言っているのだろうか。

「いっそのこと、皆、一緒に住んでしまおうか。きっと楽しい」

「……そうですね、いいアイデアです。楽しく隠居生活しますか……ヴィオレット陛下と一緒にお菓子のレシピを考えて……素敵な毎日になりそうですね」

「き、君たちは、何を言っているんだ。ヴィオレットは私のものだ」

割って入る形でラファエルが告げると、エドゥアールが視線を向けてくる。

「ラファエルは、王冠を被っていないヴィーに興味はあるの？　モンクティエ家になんの利益をもたらさない彼女でも？」

「――それでも、私は……」

息が詰まる。表面を覆った硬い殻を、内側の熱い感情が壊したがっていた。

「私は、ヴィオレットでなければ……嫌なんだ……それが、あってはならぬことだと頭でわかっていても、心が」

彼女の傍に行きたがる。最近ではヴィオレットの顔が見られない時間は、三時間が限界だった。

ヴィオレットが愛しくて堪らない。彼女のことしか考えられなくなる。

「ラファエルは、すっかり、不治の病に冒されてしまっているようだね」

「え？」

ふっと顔をあげると、エドゥアールが笑っていた。クレマンやノーランも同じだった。

「私は、重い病気なのか？」

その割に、なぜ皆が笑っているのか理解しがたかった。

「恋の病ですか……かくいう、私も、そうなんですけどね」

「私もですよ」

「僕もかなぁ……でも、ヴィーが君に対して一途《いちず》だから、君が泣かせているのを知っていても、黙っていてあげているんだけどねぇ。普通だったら、ラファエルなんかやめちゃえって言いたいレベル」

「恋の……病？　胸が痛くなったり、息苦しくなったりする、あれが？」

ラファエルが不思議そうな表情をしているのを見て、エドゥアールは笑った。

「話を戻すけど、っていうことで、近々本物と称したヴィオレットが出現するんじゃないかなって予想している。王族の指輪もきっと持っているけど、それは、ベアトリス王女のものかな」

「ベアトリス王女の指輪でも、証として有効になるんですか？」

クレマンの質問に、エドゥアールが答える。

「さっきも言ったけど、王族の指輪そのものにはなんの効力もない。ベアトリス王女の指輪とはいえ、彼女の名前が入っているわけでもないし。ただ、私が本物ですと宣言するには有効なものにはなってしまうかもね。そんな茶番につき合わされるのは、正直うんざり。チョコレート食べて寝て過ごすほうがまし」

「……また太りますよ？　エドゥアール長官」

ノーランが笑うと、エドゥアールは肩をすくめた。

なんだか、エドゥアールの主張がさきほどと変わっているようにラファエルには思えた。

「〝本物と称した〟とは？」

エドゥアールは、ヴィオレットは偽物で、他に本物の王位継承者がいると言っていたのではなかったか？

「僕は、今後のために、君の気持ちを知っておきたかっただけ。君のヴィーを守りたいという気持ちが、本物か偽物か程度の騒動で揺らぐようでは、それこそ足もとを掬われてしまう」

「ベアトリス王女の言葉は、ヴィオレット陛下ではなく、ラファエル殿下に向けられていたのかもしれないですね」

クレマンが納得したように頷いた。

「勢力争いに惨敗中のローニヨン家としては、なんとかしてモンクティエ家寄りのヴィーを失脚させたい算段なんだろうけど……こんなくだらない勢力争いのことで、彼女を泣かせたくないよ。僕は」

「……だが、彼女が捨てられた話は、仮説だろう？」

「うん……でも」

エドゥアールは立ちあがり、机の引き出しから一枚の紙を取り出して、それをラファエルに渡した。

「これは、ヴィオレットの……アンブルシエール王国の国民証明書……？ どうしてこんなものが……それに、戴冠式を境にヴィオレットの国民証明書は抹消されて、王族証明書に変更になっているはずだが」

「好きな子のことは隅々まで知り尽くしたいタイプなので」

エドゥアールの言葉を聞いて、ラファエルの眉間のしわが深くなる。

「とりあえず、見てみなよ」

ヴィオレットの証明書を見てみる。すると、出生証明が空欄でエルミーヌの子であることの記載がない。養父母としてリュシアン夫婦の名前の記載はあったが。

出生証明の欄に名前の記載がないのは、産まれてすぐに教会へ預けられた捨てられたケースであることが多かった。

「あぁ……まったくの仮説というわけでは……なかったんだな」

彼が立てた仮説が違ってくれればいい。そんな願いは虚しく砕かれた。

誰にでも優しく、他人のことを思いやれる彼女が、実の母から一度は捨てられていたという事実を知ったらどう思うだろう。やりきれない思いでいっぱいになった。

「彼女の願いはなんだった?」

エドゥアールの問いかけに、ラファエルは顔をあげた。

「教会の子供たちのために、学校を。それと、貧しい層にも砂糖が行き渡るように、流通の見直しと……それから、宮廷内の健康問題のために、東の薬の輸入と知識の……」

「そうじゃないよ」

エドゥアールは首を左右に振る。

「君に愛されたい、ただそれだけさ。ラファエル」

「……」

初めは、おかしな娘だと思うこともしばしばだった。

この世のものとは思えない天使のような美しい姿をしているというのに、それを武器にする気がなく、下手な貴族よりも贅沢な暮らしをしていたであろう上級ブルジョワで育ったのに、自分を美しく引き立てるためのドレスや宝石の類を欲しがらない。たまにねだったかと思えば、唇で——。

世界一美味しいマドレーヌを作れる娘で……。

彼女が傍にいたら、心が温かくなって、なぜかわけもなく楽しくて。

「……彼女のところに戻らせてもらう」

ふらっと立ちあがったラファエルを見て、エドゥアールは告げる。

「ヴィーは君の妻だけど、僕にとっては可愛い義妹だ。彼女以外は認めない」

「あぁ、わかっている」

「私たちにとっても、敬愛すべき大事な女王陛下です。他の方は考えられません。ですから、どうかお守りくださいますよう」

ラファエルが視線をノーランに移すと、彼は恭しく頭を下げた。

「……ああ、もちろんだ」

ラファエルはクレマンを伴ってオルキデの間に向かう。

自分は彼女に何がしてやれるのだろう。優しくする方法だって結局わかっていない。彼女が望む〝愛〟というものだって、それが本当はなんなのかがわからない。

だけど、自分はただ、彼女の傍にいたいと思う。ずっと、互いの肉体が滅びるまで……いや、滅びたあとだって。

オルキデの間に入ってそうそう、部屋付き侍女に脱いだアビを渡し、あとはそのままで寝室に入った。

天蓋の幕が下りたベッドの中にはヴィオレットがいる。疲れたのか、すでに眠っていた。

(ヴィオレット……)

彼女がそこにいると思うだけで、ほっとした。安堵して、緊張で凝り固まった何かがゆっくりと解けていくようだった。

「……愛しているよ、ヴィオレット」

短い口づけを瞼に落とすと、彼女の長い睫毛が揺れた。

「……ラファエル……？」

「ごめん、起こしてしまったな」

「……夢を、見ていました」

彼女の腕がラファエルの腕に絡みついた。

「ん？　どんな」

「赤ちゃんを……抱いている夢です」

一度は開いた彼女の瞼が、また、重たそうに落ちていく。

「私たちの子？」

「……はい」

「そう……私も、抱いてみたかったな」

「夢、の……話ですよ」

「ああ……それは、予知夢だったりするのだろうか」

「……どうでしょう……か」

ラファエルの腕に絡みついていた彼女の腕が解けていく。次第に安らかな寝息へと変わっていく吐息を、ラファエルは聞いていた。

「全部……守るから……ずっと傍にいて欲しい」

祈るような思いで、ラファエルはぽつりと呟いた。

❁❁❁

ベアトリスがデルニエール王国に向けて出発してから数日後、ヴィオレット宛てにデルニエール王国のリザから手紙が届いた。その内容はベアトリス王女が無事に着かれました。というものと、最近見たオペラの感想だった。数枚にわたって書き綴《つづ》られている感想の内容は、まるで自分がオペラを観劇したような気分にさせられて、思わず笑ってしまった。

「……また、リザ妃殿下からお手紙ですか」

レイナルドが呆れるように言ってしまうほど、リザとの手紙のやりとりは多かった。

「ええ。ベアトリス王女が落ち着かれるまでは、諸外国への視察には出掛けられないそうで……リザ妃殿下は明るいお人柄なので、ベアトリス王女が心細い思いをすることはないと思うのですが」

「そうですか……」

ふっと溜息をついてから、レイナルドが小さな声で告げる。

「……私は、あなた自身のことは、嫌いでもなければ、恨んでも……おりません」

「……どうしたの？　突然」

ヴィオレットはリザからの手紙を花の彫刻が美しい木箱にしまいながら、微笑んだ。

「何か……なさるの？」

それに対しての返事はなかった。否定がないということは肯定なのだろう。

「それは、宮廷内の勢力争いと関係があるのかしら。私には、ローニヨン家とモンクティエ家の対立の歴史は、会議などでの文章でしか読むことができず、深い部分まで理解するのは困難ですが……でも、できれば争いがなくなれば……よいのに、とは思います」

「……人が人である以上は、争いごとはなくなりません。人は欲の塊ですので」

「……そうね」

「あなたとて、人を憎く思うでしょう？」

「快く思わないことはあっても、憎いとまでは思わないわ」

「……では、ローニヨン家の人間のことは？　快く思わないでしょう？」

「正直言って、よくわからないのが現状ね」

「わからないから、モンクティエ家の人間ばかりを、宮廷内に呼び込むのですか」

「人事にご不満なのね？」

「……そうなりますね」

「だったら、レイナルドから優秀な人を紹介していただけないかしら」

「私が、ですか？」

「どうしても……私に近い人たちがモンクティエ家であるから、人材の話もモンクティエ家の方になりがちです。せっかくレイナルドが私の世話役として仕えてくれているのですから、色々教えていただきたいと思っています。紹介くださったからとはいえ、なんでも受け入れるわけにはいきませんが、その条件はモンクティエ家の人であっても同じです」

「……そうですか？」

「そうです。誰でもいいなら、私の世話役もモンクティエ家の人でいいのではないでしょうか」

「それは、王配殿下をモンクティエ家から出すという話になったとき、議会で承諾する条件として、ローニヨン家の人間を女王陛下の世話役にすると決まったからで」

「でも、議会で決まったことでも〝何か〟があれば覆せるのでしょう？」

ヴィオレットは手に持っているレースの扇を少し開いては、閉じるという動作を繰り返す。

レイナルドが、わざわざ宣言してくるのはいったいなんだろう？　ヴィオレットは考えを巡らせていた。

彼があいう言い方をするのであれば、何かが向けられる矛先《ほこさき》は自分だろうか、と不安にもなったが。

レースの扇を閉じてから、ヴィオレットは顔をあげた。

「勢力争いを止めることができないのであれば、せめて、まったく関係のない第三者を巻き込まないでいただきたいと、願うばかりです」

彼女がそう告げると、レイナルドの片方の眉がぴくりと動いた。

もしかしたら、もう遅かったのだろうか、と不安が胸に広がりかけたとき、ラヴァンドの間の扉が激しく叩かれた。

「女王陛下、へ、陛下に……謁見の申し込みが、ございます」

「少し、落ち着かれてから……お話しいただけますか？」

ヴィオレットが告げると、肩で息をしながらも、従者は恭しく頭を下げる。

「……失礼いたしました。何やら、自分こそが、ヴァレリアン殿下のご息女と、名乗る女がおりまして」

「……そう。わかりました、許可します。ラファエル殿下にもお知らせして謁見の間に来るようお伝え願えますか」

「か、かしこまりました」

ヴィオレットがちらりとレイナルドを見ると、彼はふいっと目を逸らした。

彼には彼の立場がある。それに問い詰めてもレイナルドは言わないだろうとも思えて、ヴィオレットは問い質すことは諦める。

コルセットできつく締められているお腹の辺りに手を置いて、ヴィオレットは小さく溜息をついた。


ヴィオレットとラファエルが謁見の間に入ると、ヴァレリアンが玉座に近い場所に配置された椅子に腰掛けていた。

「……お父様……」

「心配することは何もない。この世にいる私の子はおまえだけだ」

「……はい」

玉座までの段差を登るとき、ヴィオレットの手を取って歩くラファエルも「心配するな」と囁いた。

彼は何か知っているのだろうか。そんな素振りだった。

ヴィオレット以外の王位継承者がいるとなれば、ラファエルはもっと焦りの色を濃くしていてもよさそうなのに、不思議なくらい落ち着いた様子でいる。

そして、対面するときがやってきた。

謁見の間の扉が開かれて、ひとりの少女がレイナルドの父、セドリック・ローニヨンと共に入室してきた。

セドリックに手を引かれ、入ってきた少女の姿に驚愕《きょうがく》する。

そこにいるのは、ヴィオレットと顔がそっくりな少女だった。

「私は、ヴィオレット。あなたと同じ教会に捨てられたことで、ラザルス家の人間が迎えに来たとき、あなたと入れ違ってしまった、哀れな王女です」

（……教会で、私と入れ違った？）

目の前の少女をじっと見つめていると、セドリックが声高に話す。

「ヴァレリアン殿下、こちらのヴィオレット王女は、王族の指輪も持っていらっしゃいます」

淡いピンク色のドレスを着ている〝ヴィオレット〟はポケットから指輪を取り出し、それを従者が持つ、深紅のリングピローのうえに無造作に置いた。そして、その指輪を恭しくヴァレリアンのもとへ持っていこうと従者が動いたとき、ヴァレリアンはそれを制した。

「かまわぬ。見ずともわかる……それはエルミーヌに渡した指輪ではない」

「そんなことはございません、確かに、王族の証となる指輪でございます」

「私は、エルミーヌに渡した指輪が〝王族の指輪〟だと述べたことがあったかな？」

「はっ、い、いえ……いや、そうでしたでしょうか」

「まぁ、よい。それで、そなたらの言い分を聞こうか」

ヴァレリアンが促すと、セドリックが再び話し始める。

「この、ヴィオレット王女こそが、正統な王位継承者に間違いございません。入れ違いを起こしてしまった不届きな教会の者の、証明書もございます。ですから、この入れ替わって哀れな人生を送っているこちらのヴィオレット王女に、正しい場所をお与えくださいますよう」

彼が証明書を、ヴァレリアンに向かって掲げて見せた。

「さようか。では、娘。そなたの望みはなんだ」

ヴァレリアンが〝ヴィオレット〟に訊ねると、彼女は「入れ替わることとです」と告げた。

「ふむ。単純に入れ替わるのは難しいな。なにぶん、そこにいるラファエルが女王を守るべく大元帥として任命されておるのでな。生涯命をかけてただひとりを守り抜く。それが大元帥であり、彼は女王より元帥杖を受け取っている身で、同じ大元帥を別の人間につけることは不可能だ。他にあてがあるのであれば、話は聞くが」

セドリックは微笑む。

「我が息子、レイナルドを、ヴィオレット王女と結婚させ、生涯王女……いや、女王を守る者に任命してくださいませ」

彼の言葉を聞き終えたヴァレリアンは、王配の座に座っているラファエルに目を向けた。

「ラファエル」

「はい」

「〝隷属の口づけ〟を見せてはくれまいか」

「私が口づけられるお相手はただひとりですが？」

「むろん、わかっておる」

「かしこまりました」

ラファエルは相変わらず涼しい表情をしていたが、ヴィオレットにはヴァレリアンの意図がわからず、動揺した。

「……ラファエル」

「君は何も喋らず、堂々とそこに座っていればいい。その場所は、君だけのものだ。女王陛下」

ラファエルはヴィオレットの前に跪き、ドレスの裾を少しだけ捲り、そっと足を持ち上げてその甲に唇を押しつけた。

すぐ終わるのかとヴィオレットは思っていたのに、想像以上の長い口づけに、彼女の動揺は益々大きなものになった。

「ラファエル……も、もう」

「私は、生涯君だけのものだ。大元帥の称号がなくなっても」

「……っ」

今の彼の言いようでは、まるで王冠がなくなっても、傍にい続けると言っているようなものではないのか？

ふっと、無意識にお腹の辺りを押さえてしまう。

「……どうかしたか？」

「い、いいえ、なんでもないです。ラファエル、お戻りになってください」

「あぁ」

彼は立ちあがり、もといた王配の座へ座った。

「では、レイナルド・ローニヨン。〝隷属の口づけ〟をもって、君が大元帥の称号に相応しい人物か見せてみよ」

ヴァレリアンの命令に、レイナルドは表情を硬くさせていた。

「〝ローニヨン家が選んだ〟女王に跪き、忠誠を誓いたまえ」

それでもレイナルドは動かない。業を煮やしたセドリックが叫んだ。

「何をしている、レイナルド！　早くしなさい」

セドリックの声が、謁見の間に響いた。だが、息子であるレイナルドは動かず、静かに首を振った。

「私には……無理です。出自の卑しい者に隷属の口づけをするなど」

「レイナルド、お、王女相手になんてことを……」

「もう……よしましょう。私たちは焦るあまり、してはならぬことをしてしまったのですよ、父上。由緒正しきローニヨン家は……下級貴族だったモンクティエ家に完全に負けたのです。王族に対する忠誠心で……」

レイナルドは女王の玉座に座るヴィオレットの正面に立ち、それから跪いた。

「……お許しください女王陛下。あなたの出自を暴き、辱めるような真似をしてしまいました。私たち一族は、誇りを忘れ、最も大事にすべき王族への忠誠心を欠いてしまった今、ただ卑しいだけの人間でしかございません……あなたが問うてくださった、ローニヨン家の優秀な人材の件でございますが、このような状況でございます。ご紹介できる者など、ただひとりとしておりません」

彼の謝罪を、今の自分は女王の立場としてどう受け止めればいいのかわからなかった。

そして、あのとき、自分が諦めずにレイナルドに詰問していれば、彼は話してくれたのではないか? と思えてきてしまい、彼に告白のチャンスを与えられなかったことにヴィオレットは苦い感情を覚えていた。

「……残念です……レイナルド」

「いかなる処遇も受ける覚悟でございます」

「……わかりました。では……このたびの件に関しての処遇は……お父様に一任を」

ヴィオレットが言いかけたそのとき、叫び声が聞こえた。

「絶対、うまくいくからって、言ったじゃない！　あたしを金持ちと結婚させてくれるって！　毎日綺麗なドレスを着させてやるって!!　嘘つき！」

〝ヴィオレット〟はそんなことを叫び続け、最後には言葉にならないような声を発していた。

「……申し訳ありませんが、お帰りください。私は、この場所を譲るつもりもなければ、王冠を渡すつもりもありません……たとえば、もし、あなたが本当にお父様の娘で、私が、そうでなかったとしても」

〝ヴィオレット〟はなおも叫び続けていたが、近衛兵に謁見の間から引き摺《ひず》り出されていった。騒動の首謀者であるセドリック、そしてレイナルドも近衛兵に見張られる格好で静かに退室していった。

「……私は、罪深いですね」

一連の様子を見届けてから、ヴィオレットはぽつりと呟いた。

「何を言う」

「ずっと、私は……お母様に申し訳ないという気持ちばかりでした。それなのに、近ごろの私は、お母様のようにはなりたくない、と思うようになってしまっています」

溜息をひとつ漏らして、睫毛を濡らした。

「お母様が私を産んで教会にお捨てになったという話は、仕方のないことだと思います。それを恨んだり、哀しんだりという気持ちにはなりません」

「……ヴィオレット」

「でも、私はあなたの手を、離したくないんです。私がたとえ何者であったとしても」

俯いてしまっているヴィオレットの手を、ラファエルがぎゅっと握りしめた。

「私は、君がどこの誰であっても、手を離したりはしない……もしも君がその地位を追われることになったとしても、ずっと傍にいる。何も案ずるな」

ヴィオレットの瞳から、涙があふれ出た。白磁のような白い頬を伝う涙を見つめながら、ラファエルは静かに宣言する。

「ずっと、傍にいるよ。ヴィオレット……君が望まなくなってもね」

ふたりの様子を黙って見ていたヴァレリアンは、ヴィオレットに問いかける。

「……ヴィオレット。もう一度だけ聞いておきたい。おまえは、本当にエルミーヌの指輪の存在を知らぬのか？」

ヴィオレットはドレスのポケットにある小物入れに、そっと触れた。

ポケットに触れ、ためらう様子を見せているヴィオレットに、ラファエルが小声で訊ねる。

「そういえば……君がいつも大事に持っている小物入れの中には、いったい何が入っているんだ？」

「お母様が大事になさっていたという……クリスタル製の……ゆ、指輪です。でも、宝石がついているわけでも……何か豪奢な彫刻が施されているものでもなんでもなくて……欠けてしまっているし……お父様がおっしゃる指輪では……」

「色は何色？　君の名前と同じではないのか？」

ヴィオレットは、はっと顔をあげる。

「……でも、怖い……もし〝違ったら〟私はあなたの望むものをあげられなくなる」

「今の私が欲しいものは、君だけだ。もし〝違ったら〟ふたりで玉座を下りて、ジャヌカン公爵領にある私の城で静かに暮らそう」

ラファエルは手を差し出した。

「誰にも邪魔をされず、ふたりきりの生活は、きっと楽しいのだろうな」

彼は、心底それを望んでいるように笑った。

初めて見る、彼の心からの笑顔に、ヴィオレットは彼を信じる決心をした。初めから、地位も名誉も彼女には不要で、欲しかったのはラファエルだけだった。どちらに転んでも、彼が傍にいてくれるのなら――。

ヴィオレットはドレスのポケットから、銀製の小物入れを出して彼に渡した。

「何があっても、私は君の傍に居るよ」

銀製の小物入れを手に、ラファエルは王配の座から立ちあがり、ゆっくりと段差を下りた。

そして、ヴァレリアンの足元に跪く。

「ヴァレリアン殿下、エルミーヌ様に渡された指輪がどんなものであったのか、お聞かせください」

「その中には指輪が？」

「さようでございます。ですが、ヴァレリアン殿下がエルミーヌ様にお渡しになった指輪かどうかはわかりません」

ヴァレリアンは小さく笑った。

「そうか……何も聞かされていないのであれば、ヴィオレットが差し出すのをためらうのは無理もない。エルミーヌに渡したのは、私が作った、なんの変哲もないクリスタルの指輪だ」

「お色は？」

「彼女が好きだった、菫と同じ、紫だ」

ラファエルが恭しく銀製の小物入れを開けると、ヴァレリアンは溜息を漏らした。

「……あぁ、懐かしい……。間違いなく、それは私がエルミーヌに渡したものだ」

ラファエルの手から小物入れを受け取り、彼は欠けたクリスタルの指輪を愛しげに撫でた。

「……エルミーヌ……生きて、もう一度、逢いたかった」

堪えきれず落涙したヴァレリアンの姿を、ラファエルは静かに見守り続けていた——。


今回の騒動について、別人を女王にしようとする罪は重く、ローニヨン家の領地はティボーデ伯爵領以外はすべて没収された。

また、宮廷にあったローニヨン家の部屋も取りあげとなり、宮廷内での求心力をすっかり失ってしまうこととなってしまった。

エピローグ

「最近、寝ていることが多いな」

執務室のソファでうたた寝をしているヴィオレットを見ながら、ラファエルが言う。

「このところのご公務で、お疲れなのでしょう。人事がらみでばたついておりましたし」

偽の女王事件から一ヶ月。

ローニヨン家は完全に失墜した。王族からはもちろん、宮廷内での信用も失った。

本来であれば、領地はすべて没収され、投獄されてもおかしくないほどの事件であったが、ヴァレリアンの温情により、レイナルドに与えられていたティボーデ伯爵領は残されたため、ローニヨン家の一族はその土地で、再び信頼が得られるようになるまで、努力し続けなければならない。

入れ替わりの証明書を出した教会には、セドリックから多額の金銭が渡されており、金銭目的で偽女王を立てることに荷担したとし、司祭はその位を剝奪《はくだつ》された。

結果的に王族ではなかった偽のヴィオレットも、ローニヨン家の養女としてティボーデにいる。

偽の女王とされたニーナは、驚くほどヴィオレットに顔が似ていたため、騒ぎとなった今、町に帰すわけにもいかず、ローニヨン家が責任を持って彼女の養育を〝任された〟かたちになっている。

ニーナの健康状況や、教育状況の報告をするため、ローニヨン家は月に一度だけエテルネル宮殿に来ることが許された。奇しくも、ニーナだけがローニヨン家と宮廷を繋ぐものとなっていた。

「陛下の世話役は、どうしたらいいでしょう」

レイナルドが解任され、その後任がまだ決まっていなかった。

クレマンの問いかけに、ラファエルは返事をする。

「……しばらく、考えさせてくれ」

「とか言って、決めないおつもりじゃないでしょうね？」

「しばらく考えると言っているよ。さて、今日のところはこのぐらいにしておこう。ヴィオレットを休ませなければ」

「ラヴァンドの間にお戻りになりますか？」

「いや、隣の寝室で起きるまで寝かせておくよ。君はもう下がっていい」

「かしこまりました。では、エドゥアール長官のことが気になるので、私はそちらのほうに行きますね。何かあればお呼びください」

「ありがとう、頼むよ」

東の薬の調合方法を紙に記す、というエドゥアールの作業は今も続いていた。

それもそうだ。数年かかると言われたものを、数日で丸暗記して帰ってきたのが脅威なのだから。

ラファエルは、心の底から天才と呼ばれる兄を尊敬し、感謝していた。

――ヴィオレットから父親を失わせずに済んだこと、そして、自分からヴィオレットを失わせずに済ませてくれたことに。

どんなことがあっても彼女を守ると決めていても、それが王位継承に関わる話であれば、自分の心は揺らいでいただろう。

もしもヴィオレットがヴァレリアンの娘でなければ、モンクティエ家には不要の人物となる。モンクティエ家の繁栄に繋がらない少女であっても、今のラファエルは彼女を失えなかった。モンクティエ家の〝繁栄〟という呪いのような言葉から、解放してくれたのは兄だったのだ。

自分の心のままに、彼女を愛してもよいのだと――。

「……ヴィオレット……」

そして自分は偽の女王事件のときに、あろうことか彼女が偽物であって欲しいと心のどこかで思ってしまっていた。

誰にも邪魔されないふたりだけの生活を、一瞬でも望んでしまった。

「……私は、愚かな男だな」

ぽつりと、ひとりごちてからソファで眠り続けるヴィオレットを抱えあげ、寝室へと運んだ。

❀❀❀

誰かの指が頬に触れる。ふっと目が覚めて、指の主を見あげると、ラファエルがいた。

「……ラファエル？　あ……私、寝てしまったんですね」

視線の先には天蓋が見えて、知らない間にベッドに運ばれていたのだと気がつく。どれくらいの時間眠ってしまっていたのだろうか？

「公文書を読んでいる最中にね」

「ごめんなさい、すぐ公務に戻ります」

「謝らなくていい。今日はもう終わりだから、ゆっくり休みなさい」

「……はい」

自分の身体の傍にある彼の腕に擦《す》り寄ると、ラファエルが頬を撫でてきた。

「ふふ……」

くすぐったくて笑ってしまえば、彼の手が離れていく。名残惜しげにヴィオレットはラファエルを見あげてしまった。

「最近、疲れやすいみたいだが……大丈夫か？　侍従医もどこも問題はないと言うが、私は他の医師にも診せるべきではないのかと思い始めている」

「……それは、その……」

「ん？」

「ふ、ふたり分の生命を維持するのに、身体が疲れてしまっているのではないかと思います……」

ヴィオレットの突然の告白に、ラファエルは不思議そうに首を傾げた。

「ふたり分？」

「つまり……その……お腹に、赤ちゃんが……」

彼女の言葉を聞いて、彼は紫色の瞳を丸くさせた。

「なんだって？　私は……懐妊の報告を、侍従医から受けていない」

「侍従医には、私から伝えるので黙っているよう、お願いをしていたのです」

「君が懐妊を知ったのはいつ？」

「……かれこれ一ヶ月ほど前でしょうか」

「私への報告が、遅くはないか？　どうして……？」

黙ってしまったヴィオレットに、ラファエルは気を取り直して彼女にもう一度聞く。

「怒っているわけではないよ、ただ、理由があるなら聞いておきたかっただけだ」

ヴィオレットは、そっと自分のお腹に触れて小さく溜息をついた。

「不安だったんです」

「妊娠したことがか？」

ヴィオレットは首を左右に振る。

「あなたが、喜んでくれるかどうかが……わからなくて」

「嬉しいよ？　もちろん、喜んでいるし……ただ、それ以上に君の身体が心配だとは思ってしまうけど」

「ありがとうございます」

ふわっと顔を綻ばせて彼女が笑うと、ラファエルはヴィオレットを抱きしめた。

「……好きだよ」

「あ……はい、私も……です」

「……言わなかった理由は、それだけか」

心情をすべて吐露しろと言わんばかりに彼は重ねて聞いてくる。ヴィオレットは言うべきか、少しだけ悩んだ。

「……ヴィオレット？」

優しい声が頭のうえで響いて、そっと背中を撫でてくれる彼の仕種に、気遣ってくれているのがわかる。今の彼になら、言えるかもしれない。

王冠がない自分であっても、守ってくれると言ってくれた彼になら――。

「色々、考えてしまっていたんです。たとえ戴冠式が終わっても、何かあれば私は簡単に廃位されてしまうだろう……と。そうなれば、私は、あなたの傍に……いられなくなるから」

声が涙で滲んでしまう。

母のように、ひとりで産むことになってしまうのか。そしてもし自分に何かあったとき、生まれた子供はどうなるんだろう。

「赤ちゃんのことを考えると、哀しくなって、動けなくなりそうで……それでも、懐妊が皆に知れ渡ってしまえば、赤ちゃんのことばかり考えてしまうようになるから……だから、言えなかったんです」

そんな彼女をラファエルは強く抱きしめた。

「ヴィオレット……大丈夫だから……君がもし、万が一にも廃位されるようなことになったとしても、私は君の傍から離れたりはしない。私には、君が必要なんだ――君が王冠を被っていても、いなくても」

偽の女王事件のときに彼が言ってくれた言葉を、ラファエルが再び告げてくれる。

「……信じても、いいですか？」

「いいよ。私たちは、ずっと一緒だ……君のほうこそ、私から逃げて、いなくなったりしないでくれよ」

「……逃げたり、しませんよ」

ヴィオレットは、ぎゅっと強く彼を抱きしめた。

自分はこの腕の中にいたいと、ずっとずっと願っているのに、自ら進んでどこかに行きたいとは思わない。

逃げるチャンスは一度だけあったけれど、隠し扉から繋がっていた外に出る扉への、ドアノブにすら触れられなかったのは、ラファエルの傍にいたかったから――。

「それに」

少し声のトーンが低くなった彼に驚いて、ヴィオレットが顔をあげると眉間のしわが増えていた。

「君が廃位なんてことになったら、それこそ宮廷内はめちゃくちゃになってしまう。兄もノーラン長官もクレマンも、君が女王の座から退くことになれば自分たちもエテルネル宮殿から出るつもりでいるらしいからな」

なぜか憎々しげに喋る彼だったが、その内容が驚くべきものでヴィオレットは動揺してしまった。

「そ、それは、とても大変なことです」

「当然、彼らを慕う宮廷人も去っていくだろうから、君以外女王はつとまらない。と、いうか……彼らは君がもしもエテルネル宮殿にいられなくなるようなことになったら、自分たちが所有する城に君を連れていって、皆で住むつもりでいるらしい。まったくもって忌々しいな。まぁそんなことはさせないけれど。私だってジャヌカン公爵領内には白亜の美しい城を所有しているし、住むとしてもそこで……ん？　どうした」

ラファエルの必死な様子がおかしくて、ヴィオレットは思わず笑ってしまっていた。

「ラファエルでも、そのように必死な表情をされるんだなって思いました」

「何を言うか……私は、君に対してはいつだって必死だ。嫌われて当然のことをしてきたのだからな。どうやって挽回していけばいいのか、模索中だ」

「嫌ったことなど、一度もないです」

「……君は他人に対しては寛大だな。そんなところもいいと思っている。だが……あまり、私以外に寛大になったり……その、つまり、優しくしすぎるのはいけない。私が落ち着かない気持ちになってしまう」

ヴィオレットはまた笑ってしまった。

「この子にも、優しくしてはいけませんか？」

お腹に手を当てながら言うと、ラファエルは心底困ったような顔をする。彼のこういう表情も以前は見られなかった。

「子供には、愛情深く接するべきだと思っている。だけど、子供ばかり相手するようになっても困る」

「公務はきちんとこなす努力はします」

「そうじゃない」

「……では、どういうことでしょうか？」

「私のことも忘れるなと言っているんだ」

「……かしこまりました」

ふふっと笑うと、笑われたのが恥ずかしいのか、彼の目尻がうっすらと赤らんだ。そのことまで指摘してしまえば、機嫌が悪くなってしまいそうだったのでヴィオレットは黙って微笑んだ。

そして今、胸の中がくすぐったくなっているような感じが、幸福感というものなのだろうか、と思わされていた。

「……指輪は……よかったのか？」

ぽつりと呟いた彼に対し、ヴィオレットは頷いた。

「はい」

ヴァレリアンがエルミーヌに捧げたクリスタルの指輪。まさか彼が作った物だとは想像もしていなかったけれど、自分が持ち続けるよりも、エルミーヌとの思い出があるヴァレリアンに渡したほうがいいとヴィオレットは考え、あの指輪はヴァレリアンに返した。

彼の話では、一度は王族の指輪をエルミーヌに贈ろうとしたけれど、エルミーヌが受け取らなかったそうだ。

『あなたの心が籠もった指輪なら、欲しいと思いますわ』

それでどうしてヴァレリアンがクリスタルの指輪を自作しようと思ったのかはわからなかったが、造り慣れていないのは明白な出来ばえの指輪を見て、エルミーヌはどんな表情をして受け取ったのだろうか。嬉しそうに笑ったのだろうか。

「……私は、君を寂しくさせたくない」

「あなたがいてくださるのなら、寂しいなどと思う暇はありませんよ」

ラファエルの唇がそっと重なった。

「今は、その……君の体調は、どうなのだろう？」

「体調のほうは、妊娠する前とそう変わってはいません」

「……夜の〝公務〟は、少し休んだほうがいいかもしれないな。大事な身体だ……何かあっては大変だからな」

「……そういうことも、おっしゃられるのではないかと思って、今まで黙っていたんですよ」

アイスブルーの瞳をラファエルに向けると、彼は困ったような表情を浮かべる。

「心配をしているのだが」

「もうずっと、抱いてくださらないおつもりですか?」

「そんなことはないが、ただ……毎晩のように……というのはいかがなものかと……何度も言うが君の身体を案じているだけで」

「私が、大丈夫だと言えば……抱いてくださるのでしょうか?」

心許ない。いったい何が不安になってしまうのかがわからなかったが、彼としばらく触れ合えなくなってしまうかもしれないと考えれば、穏やかな気持ちではいられなくなる。

「君が望むのであれば」

「……望んで、おります」

ラファエルは紫色の瞳を輝かせて、そっと彼女に口づけた。

耳朶や首筋をなぞる彼の唇がくすぐったく感じてしまう。彼の愛撫はいつだって優しいものだったが、今の愛撫は気遣われてしまっているのがありありとわかってしまって、ヴィオレットは苦笑してしまう。

「大丈夫ですよ? もっと……その、今までどおりで……」

「〝今までどおり〟が、いまひとつよく思い出せない」

昨晩も抱き合っているというのに、淡々とそんなことをラファエルが告げてくるのは意地悪なのだろうか?

「ヴィオレットが、愛おしすぎて」

意地悪なのかと思っていたら、彼は甘く囁いてくる。そしてヴィオレットのストマッカーを外し、ドレスを器用に脱がせていく。

「わ、私も……ラファエルが……愛おしいです」

「君に言われると、嬉しいと思うよ……君のあふれんばかりの感情を、向けてもらえるのがこの私だけなのだと思えば、それだけでも気持ちが高揚し、おかしくなってしまいそうになる——今まで、感じたことがない感情のひとつひとつを、君に教えられているようだ」

ラファエルは微笑み、ヴィオレットの頬に口づけた。

「君でなければ駄目なんだ……どんなときでも、君が傍にいて欲しい。そして願わくば、君が楽しそうに微笑むとき、私が傍にいられたらと思う」

「ありがとうございます……嬉しいです」

「もっと君を知りたい。君に優しくしたいと思うし、君を喜ばせたいとも……」

彼の感情の吐露は心地よかった。あふれんばかりの感情、と彼が言ったように、ラファエルの感情が自分に向けられていることが嬉しかった。

「どうすればいい？　どうすれば君は満足をする？」

ベッドのうえで半裸で抱き合ってはいるが、ラファエルの言葉が性的なものを指しているわけではないことには気づける。

「私は、あなたがいてくだされば……これ以上、望むものなど何もありません」

「その言葉は嬉しいとは思う。けれど、何か言って欲しい。君を喜ばせたいと思ってみても、君に誤解をされるようでは困る」

「誤解……ですか？」

彼の物言いでは、何か過去にラファエルがヴィオレットを喜ばせようとしたものの、失敗したことがあったのかと思わされる。

「エルミーヌ様の墓の件がいい例だ。私は確かに野心家ではあるが、指輪のために墓を移そうと提案したわけではなかった。君がエルミーヌ様の墓に行けないことが、寂しいのではないかと思ったから……私は」

「あ……ぁ、そうだったのですね……申し訳ありません。ラファエルのせっかくのお気持ちを……無下に扱ってしまって」

「謝って欲しいわけではない。ただ、どうすれば君が喜ぶのかを、聞きたいだけだ」

必死な様子の彼が愛おしくて、ヴィオレットは微笑む。

「……どうしましょうか……今だって、幸せすぎて嬉しいのに」

左手がそっと絡み合う。ラファエルの右手はヴィオレットの頬を撫でていた。

ああ、そうだ。と彼女は思う。

「ラファエルに、甘えさせて欲しいです」

「甘える、だと？」

「今してくださっているように、頬を撫でていただきたい。いつもしてくださってはいますが、私はラファエルに撫でられると嬉しいのです」

彼は今ひとつ納得のいっていなさそうな表情をしたが、しぶしぶ承知する。ラファエルは、もっとはっきりとした形あるもので〝功績〟を残したいのかもしれなかったが、ヴィオレットにしてみれば、抱きしめてもらったり、撫でてもらえることが何よりも嬉しいのだ。

「わかった……して欲しいことは、それだけか？」

「あ……あと……その……口づけを、ください」

ヴィオレットの返事を聞いたラファエルは、魅惑的な紫の瞳を煌めかせ、微笑む。

「そうだな、君はよほど私との口づけが好きらしいからな」

過去の痴態を思い出させるような言われ方をされて、ヴィオレットの頬が赤く染まった。

「好きな人とは……口づけをしたいと思うのが……ふ、普通なのではないでしょうか」

「どうだろう、私は君以外とは口づけたいと思ったことはないが、それが普通なのかどうなのかは、判断できない」

「きっと、普通なのです！」

ムキになる彼女を愛おしげに見つめてくるラファエルの瞳に、ヴィオレットの胸の鼓動が速くなっていった。

「君という人物が、この世にいてくれてよかったと、心から思うよ」

彼はそう言いながら、指先に口づけ、手の甲へと口づけた。

「君を得る代償としてなら、何を差し出しても後悔はしないだろう……けして膝を折って乞《こ》う側にはなってはならぬと思っていたのに、すっかりこの有様だ」

「ラファエルが、乞う？」

「ヴィオレットが欲しい。君が持つ宿命の王冠など、もうどうでもいいと思うほど、君だけが欲しいと思う」

望まれているのだ、と感じれば、ラファエルへの想いがよりいっそう募る。

「……私も、あなただけが欲しいです……」

赦《ゆる》された――とヴィオレットには思えた。彼に望まれることで初めて、自分がこの世に生まれてきたことを赦されたように感じられた。

（……お母様）

ヴィオレットが深々と息を吐くと、すでにしとどになった部分を確認するようにして、ラファエルの指が入り込んでくる。

「君のこの部分は、いつも熱いな……」

「……ラファエルを……独占したがっているから……です。私の身体と……繋がっているときは、あなたは私だけの……」

彼は心地よさそうに微笑んでから、ゆっくりと身体を挿入させてきた。いつもよりも愛撫の時間は短かったが、心が満たされている分、濡襞は挿入を悦び快楽を生じさせた。

「ん……っ、ふ……ぅ……」

「ほら、今の私は……君だけのものだよ。感じるか？　繋がって……私たちがひとつになっているのを」

ふふっとラファエルは可笑しそうに笑う。

「こうすることで、満たされるのは、私だけではなかったのだな」

「気持ちが……同じ、だと……思っても？」

「かまわないよ」

「……嬉しいです……」

腰を揺すられて、わきあがる甘い愉悦に声が出る。刹那的なものだと、心のどこかで仄暗《ほのぐら》いものがあったけれど、今はそれらが払拭《ふっしょく》されたように感じられた。

「ラファエル……っ……ん、う……」

快楽だけで満たされるのではなく、ましてや公務などでもなく、愛情の表現として抱かれる行為に、ヴィオレットはすんなりと溺れた。

「ん……ヴィオレット……愛している……優しくしなければと……思うのに」

ぐぶぐぶと淫猥な音を立てながら、ラファエルはヴィオレットを突き上げていた。どうしようもならないといった彼の様子が、いっそうヴィオレットの官能に火をつける。

「だ、いじょうぶ……なので、お好きなように」

「足、絡めて」

ふいに告げられた言葉に、ヴィオレットが濡れた瞳で見あげるとラファエルは微笑む。

「口づけをねだって、私の腰に足を絡めてきたことがあっただろう？　あれを、して欲しい」

「……で、も」

淫らに足を絡めたことも、彼に命じてしまったこともヴィオレットは後悔していたのに、まさか彼のほうからして欲しいと言われるとは思ってもいなかった。

「求められたいんだよ」

ヴィオレットは命じられたままに、彼の引き締まった腰に自分の足を絡ませた。深くなる挿入に甘い吐息が漏れる。

「ん……ん……深い……の」

「痛いか？」

「痛みはないです……凄く、奥まで……ラファエルに貫かれて……」

「いい？」

「いい……です」

奥が彼でいっぱいになっている。ラファエルが動けば、彼の張り詰めた部分で内側の壁が

擦られ、甘美な感触がわき、最奥を突かれれば痺れるような愉悦に腰を自ら振らずにはいられなくなった。

「あ、あぁ……あ……ラファエル……っ」

もっと彼を感じたい。彼の熱や、脈動を、体内で感じたかった。どろどろに蕩けさせて深い場所で混ざり合って、ひとつであり続けたかった。

「好きだよ……ヴィオレット……」

「好き、好きです……ラファエル……あなた、だけが……っ」

けれど、身体の限界はもう目前だった。

身体の奥深い場所が、快楽を吐き出したがっている。徐々に溜まってきている快感がヴィオレットの身体を貫こうとしていた。

「……あぁ……駄目、まだ……」

彼と抱き合っていたいのに、快楽を前にすれば、ヴィオレットは止めることなどできなかった。

「ふ……ヴィオレット……愛しているよ……」

甘い吐息混じりで囁かれ、ヴィオレットは身体を震わせる。

もう我慢できないと思った。深い場所を彼の肉杭で穿たれ、どうにもならずにヴィオレットは達してしまう。

「あ……あああああっ……ラファエル……っ」

ひくひくと震える彼女の身体を強く抱きしめながら、ラファエルもあとに続くようにして彼女の体内に自身の欲望を吐き出した。

「……っ、ヴィオレット……」

「……ふ……ぁ」

震える腕や足を彼の身体に絡ませ続け、ヴィオレットは肩で息をしていた。

「可愛い……そんなふうに抱きしめられていると……止まらなくなるよ」

「す、少しだけ……待って……」

「君の身体の中にあるものが、硬いままだというのはわかる？」

淫猥な彼の言葉は、ラファエルが動かずとも、彼女の身体を変化させてしまう。彼の身体の形を知り尽くすように、内壁が収縮する。

「……待てと言ったのは君の方だ」

「も、申し訳ありません……、で、でも、身体が、勝手に……」

「可愛いね……」

結局、そのあとすぐにもう一度、今度は互いの欲望のままに身体を貪り合った。

「……大丈夫か？」

「……それに対して、返事をしなければなりませんか？」

求めたのは彼だけではなかったから、ヴィオレットは頬を赤らめ、ラファエルから視線を外した。

彼は愉快そうに笑い、ヴィオレットの頬を撫でる。

そして頭を撫で、唇に優しくキスをした。

彼女が望んだものを、忠実に実行してくれる彼が可笑しくて、愛おしかった。

「君を幸せにするよ」

囁かれた言葉は、まるで砂糖菓子のように甘かった――。


―FIN―

あとがき

こんにちは。ハニー文庫様では初めまして！　の桜舘ゆうです。

このたびは『大元帥の溺愛宮廷菓子～恋の策略は蜜の中に～』をお手にとっていただき、まことにありがとうございます！　今回の見所は、ヒーローラファエルのツンデレと、甘いお菓子です（笑）。

以前より、ずっと気になっていたのですが、昔の人たちは、どんなお菓子を食べていたのだろう？　と、フランスのお菓子の本を読みあさっていたところに、ハニー文庫の担当様よりお声がけをいただき、今回のお話が出来上がりました。

けっこう、昔の人たちも、今とそう変わらないお菓子を口にしていたんだなぁと、資料本を読みつつ、作品を作るのに必要だから！　と言い訳しながらザッハトルテを食べたりしました（笑）。

今回の作品のイラストは、芦原モカ先生にお願いさせていただきました！　お引き受けくださり本当に感謝しています（担当様にも大感謝です）。

見事に、ツンからデレていくラファエルを描いていただき、ラフを見せてもらったときは、大変感動いたしました。表紙のふたりも、お互いの立場をとてもよく表現してくださっていて、嬉しかったです。大元帥の衣装を身に纏うラファエルは、ヒロインのヴィオレットを守る立場であり、そんな様子で彼女を自分の傍に引き寄せるようにして肩を抱いていますが、一方のヴィオレットが彼を見つめているのは、ラファエルが彼女の初恋の相手だから。……切ない感じですね。

本文のイラストも、エドゥアールに苛められているラファエルの挿絵もあり、見所がたくさんですので、皆様にも楽しんでいただければ嬉しいです！

それでは、またどこかでお会いできますように。

桜舘　ゆう

桜舘ゆう先生、芦原モカ先生へのお便り、
本作品に関するご意見、ご感想などは
〒101-8405
東京都千代田区三崎町2-18-11
二見書房　ハニー文庫
「大元帥の溺愛宮廷菓子～恋の策略《レシピ》は蜜の中に～」係まで。

本作品は書き下ろしです

Honey Novel

大元帥《だいげんすい》の溺愛宮廷菓子《できあいきゅうていがし》
～恋《こい》の策略《レシピ》は蜜《みつ》の中《なか》に～

【著者】桜舘《さくらだて》ゆう

【発行所】株式会社二見書房
東京都千代田区三崎町2-18-11
電話　03(3515)2311[営業]
　　　03(3515)2314[編集]
振替　00170-4-2639
【印刷】株式会社堀内印刷所
【製本】ナショナル製本協同組合

ISBN978-4-576-16020-7

http://honey.futami.co.jp/